# 乱行　女剣士 美涼2

藤 水名子

時代小説

二見時代小説文庫

目次

序　7
第一章　木槿《むくげ》の咲く頃　26
第二章　美涼の縁談　62
第三章　過去の跫音《あしおと》　106
第四章　闇にひそむもの　148
第五章　理想の武士　193
第六章　夢想剣　237

# 姫君ご乱行——女剣士 美涼 2

# 序

「ひいているぞ」

「あ」

隼人正《はやとのしょう》の言葉に、美涼《みすず》はつと我に返った。我に返って、水面下へ垂れた糸の先へと慌てて視線を落とすが、反射の眩《まぶ》しさに一瞬間目を閉じる。それから徐《おもむろ》に棹《さお》をひいたが、遅かった。

引き上げた釣り糸の先——釣り針の先には残念ながら獲物の姿はなく、苦労してつけた餌《えさ》もない。食い逃げされたのだ。

（あ～あ）

あの気持ち悪い生き餌《いえ》をまたつけ直さねばならぬのかと思うと泣きたくなる。

助けを求めて隼人正のほうを見ると、

「ぼんやりしておるからだ」

冷めた横顔から放たれる言葉はにべもない。

「………」

「これで三度目ではないか」

「きっと、向いていないのでしょう」

責めるような隼人正の口調が癪《しゃく》に障《さわ》り、つられて不機嫌な口調になったが、

「あのひきは、かなりの大物であったかもしれぬ」

「え？　本当ですか？」

低く囁《ささや》くようであり、且《か》つ聞こえよがしでもある隼人正のもっともらしい呟《つぶや》きを、美涼は慌てて問い返した。

少しく影のさした隼人正の横顔に見入るが、もとより端正な眉間のあたりはこそとも動かない。ニコリともせずに冗談を言うのはいつものことだが、つきあいの長い美涼でも、その表情は殆《ほとん》どよめなかった。

季節のせいで、やや陽が長い。

とっくに八つを過ぎている筈《はず》だが、いまなお陽射しは、白昼の如《ごと》くに強い。じっとしていても薄く汗ばむ初夏の陽気は、何故かしら無用の苛立《いらだ》ちを感じさせた。白絣《しろがすり》の袖口で無意識に額《ひたい》を拭《ぬぐ》ってしまってから、そのはしたなさに、美涼は自らギョッとする。だが、幸い隼人正に見咎《とが》められることはなかった。じっと水面を見つめたきり、彼はチラとも視線をはずさないのだ。

「だから言うたであろう。ひと度水面に糸を垂れたならば、決して目を離してはならぬ」

「はい」

言われ放題でも、美涼には返す言葉はなく、ただただ項垂《うなだ》れているしかない。

「なにを考えておった？」

「師父《しふ》さまのことを」

とは言えず、美涼は更に押し黙ったままでいた。

釣り針に新しい餌を付けることもせず、なおぼんやり、隼人正の横顔に見入っている。

「私の顔に、なにかついているか？」

「いえ、なにも……」

少しく口ごもってから、

「別に、なにも……なにも考えてはおりませぬ」

美涼は隼人正の横顔から視線を逸《そ》らし、同時に顔つきを厳しくした。無性に腹がたってきた。

「なにも考えてはおりませぬが、昨夜も、法恩寺橋《ほうおんじばし》のあたりで、また人が斬られたそうでございます」

「ああ、金目当ての強盗であろう。今月に入って三件目だ」

隼人正の言葉は飽《あ》くまで静かだ。

その静けさが、美涼を更に苛立《いらだ》たせる。

「罪なき者が、連夜のごとく命を奪われているのですよ」

「むきになるでない、美涼」

「むきになってなど、おりませぬ」

「では、早う釣り針に餌をつけよ。釣りに来ているのではないのか」

「…………」

「如何《いか》に気を揉んだとて、詮無《せんな》いことだ。賊の捕縛は町方《まちかた》の仕事だからな」

「でも、でも……なにもできぬということはない筈です」

「できぬな。私は既に職を辞し、家督も養子に譲った隠居の身だ」

「なれど、小人目付《こびとめつけ》たちは、いまだ師父さまの御下知《おげち》に従っているではありませぬか」

「別に従っているわけではない。下知しているつもりもないしな」

「では、下知されたらよろしいではありませぬか。目付らに命じて市中の探索をさせ、賊を見つけ次第捕らえれば……」

「目付の仕事は、公儀に逆らう者の探索だ。市中の警備ではない」

「ではございましょうが」

「美涼」

隼人正は物憂げに顔をあげ、美涼を見た。だが美涼の視線に応じる瞳は必ずしも物憂げなものではない。一瞬にして胸の奥まで貫かれそうなほどに鋭い切っ尖《さき》――いや、視線であった。

「…………」

その強い視線に、美涼は容易《たやす》く言葉を失う。

「では仮に、私が目付どもに命じて市中の探索にあたらせたとして、それで、どれほどの成果があげられるとそなたは思うのだ？　端金《はしたがね》めあての辻斬りを、一人二人捕らえたところで、焼石に水というものではないのか？」

「それは……」

「重ねて言うが、目付の職務は市中警備ではないのだ。故に、大店《おおだな》を襲わんと綿密な計画を練っておるような大盗賊の探索は難しい。だが、一度の押し込みで一家を皆殺しにするような凶悪な大盗賊を捕らえずして、なんの市中警備だ。盗賊どもを一網打尽にできぬのであれば、お座なりな市中の警護など、なんの意味もないのだ」

「お座なりとはあまりな……」

美涼の反論は既に弱々しい。隼人正に鋭く見据えられ、最早その心は頽《くず》れる寸前なのだ。

「なんの修練もうけておらぬ者が闇雲に市中を探索したとて、成果は得られぬ。ならば、修練をうけた火盗《かとう》の者たちに任せるよりほか、ないではないか」

「…………」

「そなたは安易に人助けができると思うておるのかもしれぬが、人の命を救うということは、そう容易いものではないのだ」

美涼の心を抉《えぐ》るような厳しさで言い放ってから、隼人正は再び、釣り糸を垂れた水面下に視線を落とした。

垂れた糸の先は、未だこそとも揺らぐ様子はない。

それでも、隼人正の冴えた瞳が美涼に向けられることは、当分なさそうだった。

(師父のお心には、私の入り込む余地はない)

それがわかっていながら、美涼は一途《いちず》に彼の横顔を見つめ続けた。蒼天の色を湛《たた》えた水面に映える見慣れた筈の横顔を、まるではじめて見るもののように、少しく戦《おのの》きながら――。


「美涼さま、飲み過ぎですよ」

注いだばかりの美涼の猪口《ちょこ》の中身が瞬時に空《から》になるのを見て、竜次郎《りゅうじろう》はさすがに渋い顔をした。

「もう一本」

だから、美涼が、二合徳利二本をほぼ一人であけてしまい、なお代わりを頼もうとしたとき、女将《おかみ》のお蓮《れん》に目顔で合図した。

今日は仲良く二人で釣りに出かけたから、てっきり上機嫌で帰宅するかと思いきや、隼人正も美涼もともに仏頂面《ぶっちょうづら》で押し黙り、互いの部屋にこもってしまった。

通夜同然の夕餉《ゆうげ》のあと、

「飲みに行こう」

と誘ってきたのは、意外や美涼のほうだった。

美涼の気持ちはいやというほど承知しているものの、誘われて悪い気はしない。喜び勇んで同行したが、同時にいやな予感もしていた。ただならぬ二人の様子から、その不機嫌の理由が、魚が釣れなかったことばかりではないということくらい、竜次郎にも容易く察せられている。

「師父は老いた」

案の定、飲みだして半刻とたたぬうちに美涼は酔いを深め、声高《こわだか》に放言しはじめた。隼人正への不平不満をぶちまけるためのやけ酒に他ならなかった。

「もういい加減になさいましよ、美涼さま。こんなに飲ませて、おいらが御前に叱られちまいますよ」

「推参《すいさん》なり、竜次郎ッ」

美涼の怒声が、狭い店内を席巻《せっけん》した。

店の入口近くで飲んでいた職人風の若い男二人が、驚いて酒に噎《む》せる。

「下郎《げろう》が、偉そうに説教をするか！」

美涼の目は、未ださほどの酔気は帯びず、真っ直ぐに竜次郎を見据えている。いまにも拝刀を抜き、有無を言わさず斬りつけてきそうな剣幕だ。白刃の冷たさをその首筋に感じると、竜次郎は流石《さすが》にゾッとする。それほどの、凄《すさ》まじい殺気だった。

それほどの怒りの矛先《ほこさき》を、果たして美涼は何処に向けているのか。

「説教だなんて、そんなつもりは……」

下郎呼ばわりに対する怒りを覚える余裕もなく、竜次郎は慌てて言いかけるが、

「だいたい私は、少しも酔ってなどおらぬ」

「酔っぱらいはだいたいそう言うんですよ」

大真面目な美涼の言葉に、つい余計な一言を差し挟む。江戸っ子気質《かたぎ》というか、つくづく愚かな性分である。

「たわけッ」

当然厳しく一喝《いっかつ》された。

その大音声《だいおんじょう》に、若い職人たちが再び激しく噎せ返る。

「こうしているあいだにも、市中の辻々では罪なき者が命を奪われているかもしれぬというのに、どうして暢気《のんき》に酔ってなどおられるか」

「…………」

「私は、救える命なら、一人でも二人でも、救えるだけ救いたいと思う。間違ってい

るか？」

「いえ……」

「一人を救わずして、十人……いや、百人が救えようか？　師父には何故それがおわかりにならぬ」

「おわかりにならぬ御前じゃないことは、誰よりも、美涼さまがよくご存じなんじゃありませんか？」

運んできた徳利から、美涼の空《から》の猪口に注ぎかけつつお蓮が言った。

（いらねぇって言ったのに……）

（こっちも商売ですからね）

（だからって、美涼さまにこれ以上飲ませることたあねぇだろ）

（あら、酔わせてなにかする度胸もないんですか。大の男が情けない）

（下手《へた》な真似してみろい。御前に殺されらあ）

竜次郎とお蓮のあいだに交わされた無言の会話など、無論美涼の知ったことではない。

「いいから、竜さんもお飲みなさいよ」

美涼にこれ以上飲ませまいとして焦りまくる竜次郎の猪口にも、ニッコリ笑ってお蓮は注いだ。

「まさか、あたしの酒が飲めないわけじゃないでしょう?」

「お、おう」

その艶冶《えんや》な笑みに促され、竜次郎は、注がれた酒をひと息に飲み干す。

「いい飲みっぷり」

見え透《す》いた褒《ほ》め言葉にのせられ、また一杯。

「へへ……こいつぁ、美味《うめ》えや」

また一杯と重ねるうち、竜次郎の満面には上機嫌な酔いが漲《みなぎ》ってゆく。島帰りの強《こわ》面《もて》も形無しのだらしない笑顔だ。

その様子を、半ば呆気《あっけ》にとられて美涼は見ている。

「ヤバいぜ、姐さん、おいらまで酔っちまったら、誰が美涼さまを……お送りするんだよぉ」

見る見るうちに二合徳利を一人で空けさせられた竜次郎は、早くも呂律《ろれつ》が怪しくなる。強面の割には、それほど酒に強くないのだ。

(見事なものだな)

(それほどでも)

今度は、美涼とお蓮のあいだで無言の会話が交わされた。

(口うるさい男は、さっさと酔いつぶしちまうに限るんですよ、美涼さま)

(なるほど、よいことを教わった。忝《かたじけ》ない、お蓮殿)

美涼の表情が少しく和《やわ》らぐ。

それからまた何杯か、お蓮が竜次郎に飲ませ、とうとう酔い潰《つぶ》れた竜次郎が卓上に突っ伏し寝込んでしまうのを、美涼は見届けた。

「男ってのは、女が本音を吐くのを、本能的に怖れるものなんです。女の酒の相手にはなれませんよ」

「なるほど、そういうものなのか」

美涼は手放しで感心した。

確かに、こういうときの酒の相手は、女の怒りを持て余してただ狼狽《うろた》えるばかりな男ではなく、男女の心の機微に通じる経験豊富な年上の同性こそが相応《ふさわ》しいのかもしれない。

「御前には御前のお考えがおありなんですよ」

まるでなにもかもわかっていると言いたげなお蓮のしたり顔は癪《しやく》に障ったが、不思議とその言葉に反駁《はんばく》は覚えなかった。

　隼人正には隼人正の考えがある。それは美涼にもわかっている。だが、それがなんなのか、わからぬ故の苛立ちなのだ。

「御前は心配なんですよ、美涼さまのことが」

「心配とは？」

「御前は、美涼さまのことを大切にお考えだからこそ、危険なことに、軽々しくかかわってほしくないんですよ」

「軽々しくかかわるとはどういうことだ。私は……」

「ほら、そうやってすぐむきになるところですよ」

「…………」

　真っ赤になって、美涼は俯《うつむ》いた。

　自らも断言したとおり、今夜美涼はそれほど酔っていない。激しているように見えても、頭の芯《しん》は極めて冷静なのだ。だから、自らの怒りがお門《かど》違いなものであることも、実は重々《じゅうじゅう》自覚している。

「御前は、美涼さまに剣を教えたことを後悔しておいでなんじゃないでしょうか。そのために、美涼さまを人並みな幸せから遠ざけてしまったとお考えなのかもしれません」

「師父さまは、そなたにそんなことまで話されたのか？」

「いいえ、あたしの勝手な想像ですけど」

「…………」

臆面《おくめん》もなく言ってのけるお蓮を、半ば訝《いぶか》り、半ば呆気《あっけ》にとられて美涼は見つめた。

お蓮の店ができたばかりの頃、隼人正があまりに通い詰めるので、二人の仲を疑ったこともある。面白くはなかったが、確かに、そうなっても仕方ないと思えるだけの魅力が、お蓮にはあった。だが。

（違うのかもしれない）

何気ないお蓮の仕草、立ち居振る舞いの中に、なんらかの武芸の修練を受けたことのある者特有の身ごなしを見出してから、その考えを美涼は改めた。

（もしや、師父の周辺につきまとっている公儀隠密か？）

そう考えると、腑に落ちることは多々あった。

しかし、これまで美涼は、ことの真偽を、隼人正はもとより、お蓮に対しても問い質《ただ》したことはない。隼人正が自ら語ってくれぬことを、こちらからずけずけ訊けるような教育は受けていないのだ。

ただ、年頃の娘としてどうしても気にせずにいられぬことをも我慢できるだけの忍耐力は未だ備わっていない。

「お蓮殿は、師父さまのことをどう思うている？」

「そりゃ、惚《ほ》れておりますよ」

だが、あっさり言い返され、美涼は容易く言葉を失う。

「あんなお方、どこにもいやしませんもの」

「…………」

「男前で腕がたって冷たくて……もう、岡惚れです」

「そ、それを、師父さまに……」

「ええ、打ち明けましたとも。だからって、あの御前が、あたしなんかを相手にすると思いますか？」

不意打ちのように問い返されて、美涼はいよいよ答えに詰まる。

「思う」と答えれば見え透いた嘘になるし、かといって、「思わない」とも言い難い場面だ。美涼が困惑していると、

「真っ正直ですねぇ、美涼さまは」

自ら手酌で注《つ》いだ酒をグイッとひと息に飲み干してから、屈託《くったく》もなくお蓮は笑う。

「それに、御前のお心にはずっと、一人のお方が住んでらっしゃるじゃないですか」

深い意味はなくお蓮は言ったのかもしれない。だがその言葉は、容易く美涼を打ちのめした。

「お蓮殿は、ご存じなのか？」

聞きたくはない、聞いてはいけない、と、もう一人の自分が強く呼びかけているのに、気がつくとつい口走っていた。

「師父さまの昔の…その……」

「まさか」

拍子抜けするほどあっさり言われ、美涼は忽《たちま》ち、己の浅はかさを恥じた。縦《よ》しんばお蓮が、隼人正の過去になにがあったか知っていたとしても、それを軽々と口にするような女ではない。公儀隠密かどうかは別として。


目が覚めたとき、そこには既に、美涼の姿はない。

竜次郎は、突っ伏した卓から顔を上げ、無意識に四方を見回す。店の灯りも、彼のすぐ後ろの小さな行灯《あんどん》以外は消えている。既に店を閉めているようで、閑《しず》かな薄闇の中に人の気配はなかった。

「え？」

すぐには、自分がいまどこにいてなにをしていたのかを思い出せない。

「美涼さま？」

恐る恐る声に出して問う。

シンと静まった空気の中にひっそりと己の声音《こわね》が響くのを、些《いささ》か震える思いで竜次郎は聞く。

「美涼さまなら、もうとっくに、お帰りになりましたよ」

「え？」

「まだ飲みますか？」

戦く竜次郎の目の前で、お蓮が笑っていた。

予想外の女の出現に、竜次郎は思わず悲鳴をあげそうになる。

「…………」

「竈《かまど》の火を落としちまいましたから、肴《さかな》はできませんけど、冷《ひ》やでよければ」

「美涼さま、一人で帰《けえ》ったのかい」

「ええ」

お蓮があっさり頷《うなず》いたので、竜次郎は一層混乱した。

あれほど酩酊《めいてい》していた美涼が一人で帰宅し、終始それを諫《いさ》めていたはずの自分がいつの間にか酔い潰れているとは、一体どういうわけだろう。

「本当に、美涼さまは一人で帰ったのかい？」

「竜さんがつぶれちまったんだもの、一人で帰るより他、ないじゃありませんか」

「………」

（御前に比べたら、なんて可愛らしいこと）

憮然とする竜次郎を、お蓮は内心微笑《ほほえ》ましく思っている。

美涼が薄々感づいているお蓮の正体にも、当然竜次郎は気づいていまい。もとより気づかれるようなヘマをするお蓮ではないが。

「美涼さま、大丈夫だったかなぁ」

酔いがまだ多量に残っているらしく、両手で頭を抱えながら、竜次郎は呟《つぶや》いた。

「近頃このあたりも物騒だからよう」

「大丈夫でしょう、美涼さまなら」

「そりゃあ、そうだろうけどよう……」

「それより竜さん、あんたこそ、どうするつもり？　いまからじゃ、御前のお宅にも帰れないでしょ。もう、子《ね》の刻ですからね」

「え？」

「酒樽の上でよかったら、朝まで寝ていってもかまいませんよ」

「…………」

竜次郎はつと顔をあげ、はじめてお蓮を熟視した。

（もしかして、誘ってんのか？）

と思ってしまったのは、竜次郎の自意識過剰というものだった。

「じゃ、あたしはもうやすませてもらいますよ。戸締まりだけはしっかりしといてくださいね。近頃このあたりも物騒ですから」

とりつく島もない調子で言い置くと、お蓮は店の奥へと引っ込んで行った。

ときには客を入れることもある小上がりの奥が住まいになっており、竜次郎の知る限り、隼人正は勿論、他の男の出入りもないようだった。

（勿体《もったい》ねぇな、あんないい女、一人にしとくなんてよう）

思うものの、自ら入ってみようという度胸は、残念ながら竜次郎にはない。

「美涼とはまた別の意味で、あれはお前の手に負える女ではない」

という隼人正の言葉が、近頃漸《ようや》く、竜次郎にもわかりはじめていた。

# 第一章　木槿《むくげ》の咲く頃

## 一

改革の志に燃えた若き白河《しらかわ》藩主・松平定信《まつだいらさだのぶ》が老中に就任しその首座となった翌年、年号は寛政《かんせい》と改められた。

どこまでも　かゆきところにゆきとどく
　徳ある君の孫の手なれば

英明の誉れ高き八代将軍・吉宗《よしむね》の孫ということもあり、人々は、この青年老中に期待した。田沼《たぬま》親子が恣《ほしいまま》に貪《むさぼ》り、汚しに汚した世の中を、再び美しく再生させてくれることを望んだ。若く聡明な老中には、充分にその力量が備わっているはずだった。

だが、あまりにも厳しすぎる倹約令は、庶民の暮らしを締め付け、彼らの反発を買う。

定信を称える先の歌から、

孫の手が　かゆいところに届きかね
　足の裏までかきさがすなり

という落首《らくしゅ》がよまれるまで、一年とはかからなかった。

庶民の望みは、先年来高騰し続ける米価が安定して暮らしが楽になるとともに、些《さ》細《さい》なことにも笑い、面白可笑《おか》しく過ごせることなのだ。たとえ暮らしは貧しくとも、大声で心から笑いあえるような楽しみがあれば、人は、存外幸せを感じられる。美しい衣類、装飾、歌舞音曲に洒落《しゃれ》や滑稽《こっけい》……。

吉宗の孫は、それらの楽しみをすべて禁止した。

華美な装い、装飾は禁じられ、銭湯での男女の混浴は禁止され、当時洒落本《しゃれぼん》の第一人者であった山東京伝《さんとうきょうでん》は手鎖《てぐさり》五十日の刑に処せられた。

庶民の心は次第に定信から離れ、遂には、

白河の清きに魚の住みかねて
　もとの濁りの田沼こひしき

とか、

世の中に　蚊ほどうるさきものはなし
　文武《ぶんぶ》といふて夜もねられず

といった落首・狂歌が江戸市中でよまれた。

定信の人気は失墜し、大奥に対する強硬な引き締め政策のせいで幕府内に敵を作ったこともあり、在職僅《わず》か六年にして、遂に老中の職を辞した。

定信の改革が失敗し、幕政はいよいよ緊張してゆく一方の寛政末年。

二千石の旗本本多《ほんだ》家の若き当主・隼人正憲宗《のりむね》は、人生最良のときを迎えつつあった。

一昨年家督を継いだ際に約を交わした許嫁者《いいなずけ》・美里《みさと》との正式な婚儀も、年内にとり交わすことが決められた。

弱冠二十歳の年若さながら、この春隼人正は目付の職に任じられた。如何に三河《みかわ》以来の直参《じきさん》とはいえ、破格の出世である。それに準じて、一日も早く身を固めねばならぬということになった。一方、美里は十八。既に適齢期を過ぎつつある。本来なら、もっと早く嫁いでいてもおかしくなかったのだが、引き延ばしていたのは、実は美里のほうだった。

「もう少しだけ、お待ちいただけませぬか」

「美里の好きにするがよい」

美里が婚儀を先延ばしにしたがる理由はよくわかっていたから、隼人正も許してきた。

「一日千秋の思いで待ち侘《わ》びていたのではないか？」

兄貴分の松平《まつだいら》庄五郎《しょうごろう》からも、さんざんにからかわれた。

庄五郎からは、かつて剣や書の手ほどきをうけたこともあり、未だに頭が上がらない。

「やめてくださいよ、庄五兄」

「おいおい、お前こそ、いい加減その呼び方はよせ」

庄五郎が旗本・牧野《まきの》家の養子となり、大和守《やまとのかみ》成傑《しげたけ》を名乗るようになってから、既に十年近くが過ぎている。

だが、現在は幕府の要職を歴任する立派な殿様の成傑も、隼人正にとっては、部屋住みの不遇を託《かこ》つため放蕩《ほうとう》無頼《ぶらい》を重ねていた素行不良の「庄五兄」なのだ。

「まあ、お前の気持ちはわからぬでもないがな。あれほどの美女、そうそうお目にかかれるものではないからな」

「なにを言ってるんです、連日の吉原通いで、天下の傾城《けいせい》なら見飽きておいででしょう」

隼人正は鼻先で嘲笑《あざわら》った。

牧野家の養子となり、要職に就き、格上の家柄から妻を迎えたからといって、生まれ育った本所《ほんじょ》界隈でその悪名を轟《とどろ》かせた「庄五兄」の地金《じがね》は変わらない。妻とのあいだに一男一女をもうけながらも、松平庄五郎改め牧野大和守成傑は、忙しい職務の合間を縫っては女遊びに精を出していた。

「ところで、佳姫《よしひめ》さまの噂は聞いているか」

「ええ、まあ」

ふと真顔に戻って彼を見据えた成傑の言葉に、隼人正は曖昧《あいまい》な笑顔で頷《うなず》いた。

（来たな）

という、覚悟の上の笑顔である。

「たまには飲もう」

と、下城時に成傑から声をかけられ、牧野家の屋敷に招かれたときから、何《いず》れその話題に触れねばならぬと覚悟を決めていた。

先代将軍家治《いえはる》の娘である佳姫は、先年外様《とざま》の大藩である伊達《だて》家に嫁《とつ》いだが、

「家風に馴染《なじ》まず」

との理由で、忽《たちま》ち出戻ってきた。

家治の実子ではなく、御三卿《ごさんきょう》の一つである一橋《ひとつばし》家から迎えられた当代・家斉《いえなり》にしてみれば、先代に対する多少の遠慮はある。

だから、先代の子である佳姫のわがままを、無条件で許した。伊達家に嫁ぎたい、と言うわがままも、伊達家を去りたい、というわがままも、他人事《ひとごと》のように聞き入れ、許してきた。かくて江戸城大奥に舞い戻った佳姫は、家斉の側室たちの上に君臨し、奥での権勢を恣《ほしいまま》にしている。

しかし、如何に強力な権勢をふるおうと、所詮その力が及ぶのは城内に限ったこと

である。与えられた権限も、たかが知れている。

婚家の家風に馴染まぬ自由気ままな性質の女が、いつまでも、城の奥で燻《くすぶ》っていられるわけがなかった。

「一度は他家に嫁ぎました者が、こうしていつまでもお城に住まわせていただくのは心苦しゅうございます」

家斉に直訴《じきそ》した結果、近々市中に屋敷を拝領することになった、という。

「あやうい哉《かな》」

と成傑が言うのは、佳姫の行状のことであろうと隼人正は思った。

微行《おしのび》での芝居見物、茶屋あそびなどは可愛いもので、城内に密かに男を引き入れている、との噂もあった。もし城を出て気ままな暮らしをするとなれば、そのご乱《らん》行《ぎょう》には一層拍車がかかることだろう。

「なんだ、その顔では、お主《ぬし》なにも知らぬのか」

「は？」

あきれ気味な成傑の言葉に、隼人正はキョトンとする。成傑の言う意味が全くわからない、といった顔つきだ。

「幼い頃より、神童とか麒麟児《きりんじ》とか言われた男でも、己自身のこととなると、こうも鈍いものかな」

「なにが仰《おっしゃ》りたいのです」

「佳姫さまは、先日微行で市中に出られた折、とある料理茶屋にてご休息なされた」

「山谷《さんや》の八百膳《やおぜん》でしょう。美食家と評判の姫でございますから」

隼人正はすかさず口を挟むが、成傑はそれを黙殺し、話を続ける。

「その帰途、市中にて一人の眉目秀麗《びもくしゅうれい》なる武士を見初《みそ》められた」

「…………」

「なんでも、女乗り物と見て因縁をつけてきた不逞《ふてい》の輩《やから》を、鮮《あざ》やかに追い払うてくれたそうじゃ。まるで、芝居か講談のような話だが、その若い武士というのが、まさしく役者のような色男であったということだ。以来姫はその者に恋い焦がれ、八方手を尽くしてその者の名や素性を調べさせている、という。そこらの町娘ではないぞ。将軍家のご息女のなさることだ。当然、お庭番すら手足のごとくに使われるであろう。ご府内の、それも直参の武士であれば、名も家も、容易に知れるわ」

「…………」

「佳姫さまの想い人は、お主じゃ、善四郎《ぜんしろう》…いや、本多隼人正殿」

「なるほど。では、あのときの女乗り物に乗っていたのが佳姫さまでしたか」

成傑は重々しい調子で告げたのに、隼人正にはどこか他人事のような気安さがあり、それが成傑を苛立たせるのだろう。

「お前、わかっていたのか？」

「如何にも微行風情《ふぜい》の女乗り物、それも無紋とくれば、まあ察しはつきますよ。それに、場所が場所でしたし」

「わかっていて、よくそう落ち着いていられるな」

成傑はさすがにあきれ顔をする。

「だって、仕方ないではありませぬか、眉目秀麗に生まれついたのは、それがしの罪ではございませせぬ故。それに、女子に惚れられるのも、もとよりそれがしの罪ではありませぬ」

「ほざけ」

杯の酒をひと息に飲み干しざま、成傑は吐き捨てた。

唇辺《こうへん》には苦笑が滲《にじ》んでいる。

黙っていれば、男でも妙な気をおこしかねないほどの美男なのに、ときに本気で殴りたくなるような減らず口をたたく。それが、上様のご落胤《らくいん》かもしれない、という噂を踏まえた上での尊大さであるなら、成傑もはじめから関わろうとは思わないし、面倒も見ない。子供の頃から、どこか人を寄せ付けぬ冷たさを備えた少年だったが、成傑に対しては不思議と心を開いてくれた。少なくともそう信じるが故に、成傑は隼人正を実の弟同然に思っているのである。

「庄五兄は、一体なにを案じておられるのです」

隼人正は苦笑し、

「私には、ご存じのとおり、婚礼間近の許嫁者がおります」

努《つと》めて明るい表情を見せる。

「だから？」

成傑は、再び表情を厳しくした。

「お主、佳姫が何故伊達家を去ったか、その本当の経緯《いきさつ》を知らぬのか？」

「ええ」

不得要領《ふとくようりょう》に、隼人正は頷く。知るわけがなかった。

「ご亭主である伊達侯のことを最初からお気に召さなかった佳姫は、嫁いですぐに、美形のお小姓《こしょう》を寝所《しんじょ》に引き込まれたのじゃ。しかし、将軍家ご息女を迎えられた以上、伊達侯もある程度のことは我慢される覚悟でおられたのだろう。姫が、家中の美形に次々とお手をつけられても見て見ぬふりをしておられた。お国入りの後一年ほどで、ご正室は江戸住まいを余儀なくされる。どうせ離れて暮らすことになる妻だ。将軍家のお血筋を正室に迎えているというだけで、お家の安泰は約束されたようなものだし、子を産ませるつもりもないから、好きにさせておくつもりだった。だが、佳姫の性は、伊達侯の想像も及ばぬほど奸悪《かんあく》なものだった。江戸へ出立するその前日、伊達侯の御子を身籠《みご》もっていた側室を、無礼討ちと称して殺してしまったのだ」

「な…んと」

さすがに隼人正の顔色が変わると、得たりとばかりに成傑は頷いた。

「わかるか、隼人正。さほど愛していたわけでもない夫の側室を――それも、子を身籠もっている者を平然と殺すことのできる女だぞ。如何に邪悪な性質であるか、想像に難《かた》くない。そんな恐ろしい女が、懸想《けそう》した男を意のままにできぬと知ったら、果たしてどうなるか……」

「し…しかし、それほどのことをしでかしておいて、何故それが表沙汰に――」

「なるわけがなかろう」

焦る隼人正の言葉を食い気味に制して、成傑は断言する。

「相手は将軍家のご息女だぞ。不祥事など、幕府が全力を挙げて隠蔽《いんぺい》するわ」

「…………」

「お前は馬鹿だ、隼人正」

隼人正が言葉を失ったと知ると、成傑は更に調子にのってたたみ掛けた。

「乗り物の主が誰か大方察しがついていながら、何故自ら望んでかかわったりしたのだ」

「別に、望んでかかわったわけでは……」

「後々《のちのち》禍《わざわい》の種になるとは思わなんだのか？」

「思いませんでした」

とは言わず、隼人正はただ口を噤《つぐ》んでいた。

難儀をしている者があれば、手を差し伸べる。そうすることに理由などない。それを否定されては、隼人正は困惑するしかない。

（だいたい庄五兄は大袈裟すぎる。如何に将軍家のご息女とはいえ、女子の身で、なにができるというのだ）

その日成傑の屋敷から帰る道々、隼人正は思った。タカをくっていたのは、若さ故の迂闊《うかつ》さというものであろうか。

なかった。

# 二

だが、松平庄五郎こと、大和守成傑の懸念は、残念ながら、ただの杞憂《きゆう》には終わら

成傑の屋敷に立ち寄ったその数日後。

下城の折、四ッ谷御門を出たところで、隼人正は黒いお高祖頭巾《こそずきん》で顔を隠した、明らかに怪しい女から袖を引かれたのである。

「本多隼人正さまでございますね」

「如何にも」

別に悪びれもせず隼人正は応じた。

「ご同道いただけますでしょうか」

「何故に？」

「我が主人《あるじ》が、是非あなた様とお話ししたいと申しております」

女が、袖の中に短刀を呑《の》んでいることは承知していたが、もとよりそんなものに怯《ひる》む隼人正ではない。多少武芸の心得があるといっても、女一人を振り切るくらい、赤

子の手を捻《ひね》るくらいに容易《たやす》いことだ。だが、隼人正はそうしなかった。

気になったのは、女の、その頭巾の下の蒼白な顔色である。おそらく主人に命じられて来たのであろうが、もし彼が意に従わなかった場合、彼女は主人より死を賜るかもしれない。それほどの覚悟と決意が頭巾から覗く瞳に漲《みなぎ》っていることに気づくと、隼人正は唯々《いい》としてその女に従った。

一つには、好奇心もあった。

「そなたの主人というのは一体何処《どこ》の誰だ？」

だが、道々訊《たず》ねる隼人正の問いには女は一切答えない。

頭巾の下の白い顔は意外に若く、美しいようにも思えたが、物言わぬ相手への興味は忽《たちま》ち失せた。

ほどなく隼人正が導かれたのは、両国の「早川《はやかわ》」という鰻屋《うなぎや》であった。

(なかなかに趣味がよいな)

隼人正は、内心その深い配慮に舌を巻いた。鰻という庶民の料理を選んだ理由が、隼人正の思うとおりとすれば、彼を呼び出した者はなかなかの好き者であろう。

隼人正がとおされたのは二階の奥座敷で、店では最も位の高い部屋だった。六畳ほどの部屋の中程に墨絵の衝立《ついたて》が置かれ、仕切られた奥には真っ赤な褥《しとね》が覗いている。

「暫時《ざんじ》、お待ちを」

低く囁《ささや》くような声音で告げて、お高祖頭巾の女は部屋の外へ出て行った。

（ご苦労なことだ）

待つほどもなく、やがて部屋の一方の襖《ふすま》が開く。

「いらっしゃいませ」

店の女中が、酒肴を運んで来たのである。

通常鰻はさばいてから焼き上がるまで、一刻《いっとき》余りのときを要する。そのあいだ、客が退屈して席を立ったりしないように、鰻屋はさまざまな趣向を凝らした。注文を受ける以前に酒肴《しゅこう》を出し、先ずは客の興味を他に移す。

座敷の奥にのべられた褥は、わけありの男女のためのもので、中には鰻屋の二階を出合茶屋代わりに使う常連客もいるらしい。

（酒くらい、注いでくれてもいいのに）

手酌で注いでひと口含みながら、彼をここへ誘うなり、そそくさと姿を消したお高祖頭巾の女の可笑《おか》しさを思い、少しく苦笑した。

（しかし、武家の者ならば、あんなものか）

思うともなしに思ったとき、再び襖が開いた。

まさに、音もなく――といった風情で。

ツォツォツォツォ……

密やかな足音とともに近づいてきた人影が、躊躇《ためら》いもなく隼人正のすぐ隣に座る。

隼人正は視線だけ動かしてチラリとその人物を盗み見た。

「………」

その瞬間、隼人正はさすがに目を瞠《みは》り、だがすぐ元の無表情に戻る。

その人物――女は、能の小面《こおもて》を被《かぶ》っていた。

小面は、未婚の娘を演じる際に使用する面で、若い娘の可憐さを表現したものではあるが、血のかよわぬ白い貌《かお》は間近で見るとあまり気味のよいものではない。

衣裳は、美人画から抜け出したような赤地錦に紅梅の光琳《こうりん》模様の小袖。吉宗の孫が失脚したとはいえ、彼の発した倹約令は厳然と生きている。絹や錦をまとっただけでお咎めを受けるというこのご時世に、こうも豪奢な衣裳に躊躇《ためら》いもなく袖を通せるのは、はじめからご禁令の外に存在する階級――大名以上の身分の者に他なるまい。

だが、衣裳の豪華さ以前に、

(麝香《じゃこう》か)

噎《む》せ返るように濃厚な香に鼻腔を擽《くすぐ》られ、隼人正は辟易《へきえき》した。最高級の麝香をこうまで惜しげもなく焚《た》きしめているところをみると、噂どおりの悪女・妖女であるらしい。

「そのご様子では、どうやら、御名はあかしていただけぬようですね」

物言わぬ能面に向かって、隼人正は微笑みかけた。すると、

「名などあかさずとも、妾《わらわ》の気持ちはおわかりでしょう」

面のうちより密《ひそ》やかに漏らされる声音は存外しおらしい。

女が、肉付きのよい体をそっと寄り添わせてきたとき、隼人正はさすがにドキリとした。甘い香気を放つ女の肉体を間近にして平静でいられるほどには、未だ隼人正は老いていない。

「では、なんとお呼びすれば？」

「なんとでも、あなた様のお好きなように……」

ひっそりと囁き、女は、更に隼人正の肩にしなだれてくる。だがその圧倒的な肉の重みは、隼人正の頭を確実に冴えさせた。

「では仮に、《葵《あおい》》さまとお呼びしてもよろしいか」

「それはちょっと……」

とは言わず、小面の女は、少しく体を震わせる。

さすがに、実家の紋所の名称で呼ばれるのはよい気持ちではあるまい。

(存外他愛ない)

隼人正の手は、未だ女の体に触れてはいない。

まさか面を被ってくるとは思っていなかったため、些か不意打ちを食らったが、既に平静に戻った。いやしくも将軍家の血をひく者が市井《しせい》で男を漁《あさ》る姿など、人に知られたくはないだろう。せめてもの羞恥心から面で顔を隠すなど、可愛いものだ。

その面を剝《は》ぎ取って素顔を見たい、という衝動に、隼人正は辛うじて堪《た》えた。

堪えつつ、

「葵さま」

隼人正はしなだれてくる女の身体を一旦胸に抱きとめる。しかる後、声を低めて、耳許《みみもと》に囁く。

「店の者がまいりますよ」

「よいと言うまで誰も来ぬよう、厳しく言い付けてあります」

答えた途端《とたん》、どうやら箍《たが》が外れたらしく、女は一層大胆になった。隼人正の体を組み敷かん勢いで体を押しつけ、両手を彼の背にまわそうとする。

「葵さま」

女のその手を、隼人正はとらえ、やんわりと押し返した。

「無理でございますよ」

「え？」

「名も顔もわからぬ女子とは……無理でございます」

笑顔で言い放つと、やおら手を離して立ち上がる。

「は、隼人正ッ」

面の中でくぐもる女の声音が明らかに変わった。

「待ちやッ」

生来の権高さを剝き出しにして女が叫んだときには既に、隼人正の姿はそこにはない。

「おのれ、隼人正ッ、妾を誰と心得るッ。このままではすまぬぞッ」

（おお、恐ろしや）

階《きざはし》を駆け下りながら女のかん高い声を背中に聞いて、隼人正は思わず肩を竦《すく》めた。

三

「目付のお役目には、市中の探索も含まれるのでしょう」

美里が目を輝かせながら言うのを、半ば呆れる思いで隼人正は聞いた。

「近頃市中には凶悪な盗賊が蔓延《はびこ》っておりますから、お忙しくなられますね」

「盗賊の捕縛など、市中の保安に関する探索は町方の仕事だ。目付の職務は、主に、旗本・御家人の監察だ」

「そうなのですか」

目に見えて落胆する美里の顔が少しく可愛い。

「なにをがっかりしておる」

「だって、折角《せっかく》お手伝いができると思っておりましたのに……」

「お手伝いとは、なんだ。まさかそなた、盗賊の探索などするつもりでおったのではあるまいな」

「私が囮《おとり》となって賊どもを誘《おび》き出す、というのはいかがでございます」

美里は忽《たちま》ち、得意げに胸を反らす。

一喜一憂する際の、そのくるくるとよく変わる表情の豊かさは、表情に乏しい隼人正とは好対照だが、そういう美里の素直さをこそ、隼人正は愛している。

美里は、名門ではあるがそれほどの大家ではない旗本・水野《みずの》家の娘で、家同士のつきあいから、ごく幼い子供の頃から、互いを知っていた。幼馴染《おさなじ》みといっていい間柄だが、親同士は、かなり早い段階から、二人を許婚者にと考えていたようだ。

子供の頃から物静かで影があり、子供らしい無邪気さとは無縁だった隼人正だが、明朗快活でお喋りな美里のことが決して嫌いではなかった。寧《むし》ろ、好きだった。人は、往々にして自分と正反対なものに惹《ひ》かれる。兄貴分の松平庄五郎然《しか》り。

父母に聞かされる以前から、隼人正はなんとなく察せられていたが、美里には想像もつかなかったようで、許嫁者なのだと知らされたときのその狼狽《うろた》えぶりは凄まじいものだった。

「え～ッ！　善四郎さまと私が、許嫁者？　そ、それはまことでございますか？」

耳朶《じだ》から項《うなじ》まで染めて恥じらいの色を見せたのは、隼人正に対する気持ちの表れなのだろうが、その声の大きさにはさすがに閉口した。

「では私は、善四郎さまに嫁ぐのでございますかぁ」

真っ赤になってもう一度問い返した後、

「そんな……」

低く呟くのを聞いたときには、果たして嫌われていたのかと疑いたくなった。

それが、美里なりの羞恥《しゅうち》の仕方なのだと知るまでには、些かのときを要した。

「将来、善四郎さまをお助けできるような妻になりとうございます」

と言って小太刀を習いはじめたのは、美里が十二の折、許嫁者であることを知らされてまもなくのことだった。

生まれつき、武芸の才に恵まれていたのだろうか。習いはじめて一～二年のうちに、目録を取得した。それがいけなかった。

「どうせなら、免許をいただきとうございます」

と言い、美里は一途《いちず》に修行に励んだ。それが、これまで彼女が婚儀を先延ばしにしてきた理由である。

だが、その後いまにいたるまで免許は取得できていない。或いは、先の目録は、旗本の娘である美里への気遣いであったか、と隼人正は疑った。武家の娘にとって、小太刀や薙刀《なぎなた》は嫁入りに際しての箔《はく》づけのようなものなので、目録くらいは簡単に与えられるものなのかもしれない。

だが実際に立ち合ってみると、美里の腕はそれほど悪いものでもなかった。

ただ、一流儀の免許を得るには、なにかが足りない。

「ならば、これからは私が稽古《けいこ》をつけてやろう」

と隼人正が言うことで、美里の小太刀修行の問題は解決した。美里も、どうしても免許を得なければ、と意地を張っていたわけではなく、隼人正と同じ世界を共有したかっただけなのだろう。

「ね、いい考えでしょう、善四郎さま」

隼人正の心中などもとより知らぬ顔で、なお言い募る美里を、隼人正はさすがに持て余した。

「それほど盗賊を捕らえたければ、いまからでも遅うはない、火盗《かとう》改《あらた》めの頭《かしら》にでも嫁げ」

「いやだ、善四郎さまったら」

隼人正の言葉に、美里は屈託もなく笑い転げる。

真夏の太陽のようなその笑顔を、隼人正はしばし黙って見つめた。

それから庭先へ目を移し、暫《しばら》く首を傾《かし》げていたが、

「木槿《むくげ》を植えたのか」

見慣れた筈の自邸の庭から感じ取れる違和感を、隼人正は漸く理解した。

彼の居室から最もよく見える池の端《はた》の一角に、見慣れぬ灌木《かんぼく》が植えられている。

「婚礼の頃には満開であろうな」

風に揺れる植物の葉を見るともなくぼんやり見つめ、隼人正は呟いた。

蕾《つぼみ》がついたばかりのその低木は、先日美里が実家から移植させたものだ。

まもなく咲き誇るであろう芙蓉《ふよう》に似たその大輪の花が、美里は子供の頃から好きだった。美里が生まれ育った水野家の庭には、季節ともなると、鮮やかな淡紅色の花が咲き誇る。いよいよ嫁ぐ日が近づいてきたとき、幼い頃から馴染んだ花と別れるのが淋しくなり、これから終生暮らすことになる本多家の庭にも植えさせたのだろう。

（美しいものなのだろうな）

華やかな花をやがて二人で眺める日のことを思い、隼人正は密かに愉《たの》しんだ。

四

（またか）

尾行《つ》けられていることには、すぐに気づいた。

子供の頃から、外出の際に余人の視線を感じたり、あとを尾行けられているように感じることがよくあった。気にはなったが、見られているという以外、なにかされるというわけではないので、我慢するより他にない。気配をさぐり、尾行の主を見つけ出して、何故の尾行なのかを問い質すことも考えたが、思い返してやめておいた。

何か害を為すわけでもなく、ただ見てくるというだけの相手を問い質しても、

「いや、決してそのようなことはござらぬ。貴殿の思い過ごしではござらぬか。自意識過剰なお方じゃな」

と言い逃れられてしまえば、それまでだ。

確かに言われてみれば、隼人正の思い過ごしかもしれず、実際に何かされるわけでもないのだから、気にするほうが間違っているような気もしてくる。

「見られている、だと？　ハハ……どうせ女子どもの視線が気になってしょうがない、とぬかすのであろう。小面《こづら》憎い奴よ」

成傑に相談しても、どうせ返ってくる言葉は想像がついたので、やめておいた。

（おや、今日はいつもと違うな）

尾行の主が変わると如実にその気配の違いに気づくくらいに感覚が研ぎ澄まされてきた頃には、隼人正にとってはそれが至極普通の状態となった。

物心ついたときから、隼人正にとって、世間とか世の中というのは須《しばら》く、そういう

ものだった。

他家の親に比べると、隼人正に対する父母の態度がどこか余所余所《よそよそ》しいのも。読み書きでも剣術でも一度習えばすぐ身につけてしまい、師を戸惑わせることも。若い娘たちが彼を見ると忽《たちま》ちうっとりしたり、雀《すずめ》の鳴くが如く姦《かしま》しく騒いだりすることも。

すべて彼にとっての世間とは、「そういうもの」なのだった。

だが、今日は些か勝手が違っていた。

（これが、殺気というものか？）

かつて一度も感じたことのないいやな「気」が、湿った梅雨《つゆ》時の風のように膚《はだ》に纏《まと》わりついてくる。

牛込《うしごめ》小日向《こひなた》の屋敷を出てから、神楽坂《かぐらざか》を下って五軒町《ごけんちょう》の馬場に向かいはじめたあたりから、それは感じられた。しかも、いつもの尾行者とは違い、一定の間隔をとりながらも、それはジワジワと距離を詰めてくる。

実のところ隼人正はこれまで、あからさまな殺気というものを放ってくる相手に遭遇したことがなかった。

道場での稽古の際、もとより成傑は容赦してくれない。背丈がやっと竹刀の長さを超えたくらいのほんの子供の頃から、手加減なしで打ち据えられたので、当然生傷が絶えなかった。あの頃道場で対する成傑は本当に怖かった。殺されるのではないかと思ったことも屢々《しばしば》ある。だが、如何に恐ろしいといっても、成傑に隼人正を殺そうなどという意志はない。

やがて長じて後、道場の師範代など任されるようになってからは同輩たちのやっかみを買った。彼らは皆、隼人正のすべてに嫉妬し、立ち合いのときは敵意を剝き出しにしてきた。中には本気で隼人正を殺したい、と思っていた者もいたかもしれない。敵意と憎悪の量は凄まじいほどだったが、残念ながら、彼らにはそれに見合うだけの技量力量が備わっていなかった。

もし成傑ほどの技量を有した相手から、絶大な憎悪の念を向けられたとしたら……。

若い隼人正には、純粋な好奇心だけがあった。

(何処の誰とも知らぬ相手に殺気を向けてくるというのは、果たしてどういう種類の人間なのだろう)

そしてその興味に抗するだけの思慮分別は、残念ながらこのときの隼人正にはない。

(私の命を狙ってきたということは、即ち刺客《しかく》ということだ。折角《せっかく》の刺客だ。是非手合わせしてみたい)

一度思うと、忽ちそれを実現することに熱中した。

馬場に行くのはやめて赤城明神《あかぎみようじん》の境内を横切り、自ら人気《ひとけ》のないほうへと足を向けた。もう少し先へ行くと広大な水田地帯が広がっており、いよいよ人通りは少なくなる。昼なお薄暗い原生林などもある筈だから、辻斬りをやらかすにはお誂《あつら》え向きの場所だ。

（さあ、来い、刺客——）

隼人正がはかったのとほぼ同じ呼吸、同じきっかけで、最初の一人が、刀をぬいた。

刺客は、三人だった。

もう少し増やしたほうがよいように思うが、白昼町中《まちなか》で目立たずに行動するにはそのくらいが限界なのかもしれない。

隼人正は畦《あぜ》の真ん中で足を止め、振り向きざま鞘《さや》ぐるみ大きく薙《な》ぎ払った大刀のこじりで、斬りつけてきた男の切っ尖を撥《は》ね、撥ねざま抜き打ちに、その男の脾腹《ひばら》あたりを斬った。

じょわッ、

と夥《おびただ》しく噴いた返り血が自分に向かぬよう、巧みに身を処す。

返り血は、その男のすぐ背後から迫っていた男の半身を汚し、男を慌てさせた。

もう一人の男は、更に彼らの背後にいて、注意深く様子を窺《うかが》っている。迂闊《うかつ》に行動しないのは、その男が一番の使い手で、彼らの頭目的存在だからに他ならなかった。

「じ、甚左《じんざ》ッ」

仲間の血で我が身を汚した男は、狼狽《うろた》えたように倒れた仲間の名を呼んだ。もとより、痛みと出血に驚き、その場に頽《くず》れただけで、命にかかわるほどの斬り口ではない。少しの傷でも夥しく血の噴き出す箇所を、隼人正は知っていた。

「下がれ、権八《ごんぱち》」

後ろにいる男が、無傷なほうの男に短く指図する。すると権八は仲間の肩を抱え、するすると後方へ退いた。その動きに無駄はなく、身ごなしも軽い。

(噂に聞く伊賀者というやつか？)

三人とも、揃いの黒っぽい装束を着ており、袴の裾は動きやすいよう脚絆《きゃはん》を巻いていた。彼らが手にしている刀も少々異風で、博徒《ばくと》が用いる道中差しほどの長さしかない。

「…………」

手下二人を自らの背後に庇う形となりながら、頭領《とうりょう》らしき男は動かず、じっと隼人正を見つめていた。四十がらみで落ち着いた風貌、小普請《こぶしん》方の組頭などに多い顔つきだ。他の二人は、その男よりもやや年若い。

「退《ひ》くぞ、権八、甚左」

「え？　お頭《かしら》？」

「いま、我らだけでこの男を仕留めるのは無理だ」

とは言わずに、どうしたら部下を納得させられるか、しばし思案していたが、

「急ぎたち帰りて、甚左の手当をせねばならぬ」

実に妥当な言い訳を思いついたようだ。

無傷の男のほうはなおも不満げであったが、苦痛に呻き続ける同輩をこのままにはしておけない。その肩を抱きながら、ジワジワと後退《あとじさ》ってゆく。項垂《うなだ》れた甚左のもう一方の肩を、あっという間にお頭が支えた。支えると、お頭と権八は甚左の身体を肩に担ぐ格好で脅威の跳躍力を見せた。

一旦高く跳び、次の瞬間には、隼人正の間合いから大きく離れている。

「先に止血をしたほうがよいぞ」

と教えてやる暇もなく、彼らは見る間にその場を立ち去った。抱えられてはいたが、血止めもせずに激しく動かされればどうなるか、隼人正には案じられた。傷自体は浅くとも、あまり大量に出血すれば、それが原因で死んでしまうこともある。

（ゆっくり連れて帰ればよいものを）

些か拍子抜けしながらも、隼人正は自ら傷つけた男の身を案じた。

相手が意想外に手強く、この場では到底倒せないと判断したならば、さっさと撤退する。刺客というのは、どうやらそういう人種らしい。そういう人種である以上、次は充分な人数を揃え、万全の装備を整えてくるだろう。

（そうなると、少々厄介だな）

真剣の斬り合いがはじめてであるため、つい殺すことを躊躇《ためら》ったが、隼人正は間違っていたかもしれない。敵がより強大な存在になる前に叩いておくのは兵法の常道だ。

（まあ、たいしたことはあるまい）

胸底に萌《きざ》す不安を、隼人正は自ら打ち消した。お頭、と呼ばれていた男がひと目で隼人正の力量を見抜いたように、隼人正もまた彼らの実力のほどを知った。あの程度の敵ならば、仮に十人来ようと問題はない。二十人来られたら、ちと厳しいが……。


「なにぃ？」

案の定成傑は目を剝いて大声を張りあげた。

「伊賀者に襲われただとぉ？」

（だから庄五兄には言いたくなかったんだが）

「伊賀者と決まったわけではないのですが」

成傑の剣幕に内心辟易しながら、宥《なだ》めるように隼人正は言葉を継ぐ。

「私は、忍びと戦ったことがありませぬ故」

「俺だってないわ」

とは言わず、成傑は更に表情を険《けわ》しくした。

「伊賀者とすれば、間違いなく佳姫の仕業《しわざ》だな」

力強く決めつけると、

「だからあれほど言ったではないか、気をつけろ、と。……しかし、自分を袖にした男に刺客を差し向けるとは、噂に違わず、そら恐ろしい女じゃな」

成傑は、一人で言って一人で盛りあがってゆく。

隼人正は、仕方なく、黙ってそれを聞いていた。顔つき口ぶりこそは厳しいが、成傑の様子はどこか愉しげだった。蓋《けだ》し、愉しいのであろう。可愛い弟分の身に危険が迫り、その結果、結局自分を頼ってきたのだ。成傑のような直情径行《けいこう》の男にとって、こんなに嬉しいことはないだろう。

隼人正は黙って成傑の言葉を聞き、彼の興奮がおさまるのを根気よく待った。

しかる後、漸く本題に入ることができた。

「それはともかく、忍びとの戦いなどはじめてで、勝手がわかりませぬ。次に大勢で来られたら、如何《いかが》いたしましょう」

「ふうむ……」

成傑はさすがに考え込んだ。

迂闊なことは言えない。実を言えば、成傑自身、忍びとの戦闘経験はない。個々の能力は想像できても、果たして集団になったとき、どんな戦い方をしてくるものか、全く想像がつかなかった。

「できれば」

「できれば？」

「戦わぬに限る」

「………」

「聞けば、忍びという輩は、あやかしの術を用いるそうじゃ。そなたが如何《いか》に一刀流免許の腕とはいえ、あやかしには勝てぬ。まともに相手をせぬことだ」

「なるほど」

一応頷《うなず》いてみせながら、隼人正は内心あきれていた。

隼人正とて、自ら好んで戦おうというわけではない。だが、こちらが望まずとも一方的に仕掛けられてしまったら、逃れようがないではないか。人生経験も他流儀との試合経験も、隼人正の倍はあろうと思えばこそ、こうして頼っているというのに、なんと頼りにならぬ兄貴分であろう。

「まあ、いよいよというときには、俺も一緒に戦ってやる故、そう案じるな。ふははははは……」

甚《はなは》だ心許《こころもと》ない成傑の言葉ではあったが、結局すべては杞憂《きゆう》に終わった。

人数を揃え、装備を整えた伊賀者総勢三十名が、その後隼人正を襲うことはなかった。隼人正を襲うことは——。

# 五

本多家の邸内に自ら望んで植えた木槿の花が咲くのを、結局美里は見ることができなかった。

美里の木槿は、いまは隼人正の隠居所の庭に植えられ、毎年美涼が眺めている。そのことを、隼人正は奇異な宿縁だとは考えなかった。元々、なにかを因縁づけて考えるような性分ではない。

もとより美涼は、その木槿の由来など何一つ知らない。

知らぬままに、儚さと華やかさを兼ね備えた花を、美涼も自然と愛するようになった。

「木槿というのは、本当は、一日花ではないそうですね、師父さま」

「木槿は、朝開いて夜にはしぼむが、翌朝にはまた開く。一日にて終わる花ではない」

隼人正は言うが、その目は決して花を見てはいない。何処か遠くを彷徨《さまよ》っているとしか思えぬ隼人正の視線の先にあるものを確かめるのが恐ろしくて、美涼はいつしか、花の由来を問うことを諦《あきら》めた。

ならば、他の誰かに問えばよい、

という発想は、美涼にはなかった。

下働きのおまさは隠居所に移ってから雇われた者だから、隼人正の若い頃のことは知るまいが、中間の甚助《じんすけ》は元々小日向《こひなた》の本家に仕えていたのだから、或いはなにか知っているかもしれない。

だが、そのひとが自ら語ってくれぬことを余人に問うのは間違っているように思え、美涼はいままで誰にも、なにも問わなかった。

そしてこれからも、問うつもりはない。

(この花のように、華やかで美しいおひとだったのだろうか)

木槿の花には、白と淡紅色の二色があるが、隠居所の庭に咲いているのは淡紅色のものだけだった。

(師父なら、白い花を好みそうなのに)

そういえば、本家の庭に咲いていたのも同じ色で、白は殆《ほとん》ど見られなかった。そんなことを思うともなしに思いながら庭の木槿を眺めていたとき、

「美涼さま、美涼さま」

おまさが彼女を呼びに来た。

「御前がお呼びでございます」

「師父さまが？　先ほど但馬屋《たじまや》が来ていたようだが」

「ええ、お嬢さまにも是非一緒に聞いていただきたいお話があるとかで」

「話、か……」

美涼は無意識に眉を顰《ひそ》めた。

いやな予感がした。

# 第二章　美涼の縁談

## 一

墨を流したような新月の真闇《しんあん》。

分厚い雲が天を被っているのか、星明かりすらも地上には届かない。

まだ亥《い》の刻前だというのに、街路上には人の気配もしなかった。夜風に吹かれる柳の葉音だけが、魔物の息遣いさながら、異様に大きく耳朶《じだ》に忍び入る。

こんな闇夜に自ら好んで表を出歩きたがるのは、闇にまぎれて悪事を働こうという者たち以外、まずいまい。

カッ、カッ、カッ……

橋桁《はしげた》に響く自分の足音が、本当に自分のものなのか、誰か別の人間のものなのかすら、既に判然とはしなかった。通い慣れた筈の道も、周囲の景色が見えないだけで、まるで別世界にいる心地がする。

敢《あ》えて提灯《ちょうちん》を持たぬ理由は二つある。

提灯の明かりが格好の目印となり、賊をおびき寄せてしまうことを避けるため。

いざというときのため、常時闇に目を馴れさせておくため。

夜間の斬り合いでは、夜目のきくことが絶対有利となる。そのため、真っ暗闇の中でも常に、自在に身を処せるようにしておかねばならない。

いざ斬り合いとなったとき、どうせ消してしまう明かりなら、最初からあてにしないほうがよい。

「闇に目を慣らすには、決して天を見上げてはならぬ。如何に月がなく、雲が厚いように見えても、天は常に明るい。その明るさは地上の、それも足下の闇の比ではない」

と以前師父から教えられた。

だが、この季節であれば、川沿いの道には蛍《ほたる》が群れていて、地上もほんのりと仄明《ほの》るい。

そのため美涼は、その蛍火につい目を奪われがちになる。月も星もない新月の夜こそは蛍の見頃なのである。

(これでは夕涼みもできぬ)

例年ならば、川開きの花火の前後あたりから、隅田川縁《すみだがわべり》は蛍狩りを愉しむ人たちで賑わっているはずだ。

だが、昨今市中に強盗・辻斬りが多数横行していることから、人出は例年の半数以下に減っている。しかも、日没前に引き上げてしまうので、本当の意味での蛍狩りは必ずしも楽しめていないのが現状だ。蛍の見頃は、完全に日が没し、闇の帷《とばり》が広がりはじめる戌《いぬ》の中刻過ぎである。

蛍狩りの客をあてこんだ屋台の商売もあがったりで、この時刻なら、日頃は市中のいたるところを流している夜鷹蕎麦屋《よたかそばや》すら、今夜あたりは殆どその姿を見かけなかった。

(来た、か……)

美涼は意識をそこへ集中するため、一旦目を閉じた。

静寂を破ってヒタヒタと近づいてくる気配。足音は消しているが、美涼を尾行《つ》けてくるものに相違ない。

業平橋《なりひらばし》を渡ったあたりから、それは確実に、距離を縮めてきている。

(辻で待ち伏せし、たまたまそこに来合わせた者を襲うのが辻斬りだ。目指す相手のあとを尾行《つ》けてくるのは、明らかに私が何処の誰かを知った上でつけ狙っているわけだから、辻斬りとは言えぬ。刺客《しかく》だ)

そう思うと、不思議と気持ちが落ち着いてくる。命を狙われるのは、別段珍しいことではない。美涼の日常には普通にあり得ることだ。

だが、金品めあてにせよ、刀の試し斬りにせよ、相手になんの恨みも殺す理由もなく、平然と命まで奪える輩は、彼女の理解の範疇《はんちゅう》を完全に超えている。理解できないし、美涼の日常には全く無縁のものでもあった。

人は、己の理解を超えた存在に対しては緊張するし、恐怖も感じる。だから、

(辻斬りではなく、私を狙ってきたのだ)

とわかると、寧《むし》ろそのことに安堵した。

そうとわかれば、怖れるものはなにもない。折角来てくれた相手なら、存分にもてなさねばなるまい、と美涼は思った。

一旦足を止め、息を潜《ひそ》める。すると相手の足音もやみ、気配が消える。

（間違いない）

確信すると、美涼は再び闇に歩を進めた。

できるだけ戦いやすいほうへと、相手を誘う。誘いつつ、抜き打ちに一刀で斬り捨てるか、一応話を聞いてから捕らえるか、美涼は思案したが、すぐに無用な思案であると気がついた。一刀に斬り捨てるか、生かしたまま捕らえるか、それは相手も思案していよう。足音も気配も一つ——一人で来ている以上、相当腕に自信のある使い手ということだ。

相手がどういうつもりで美涼のあとを尾行《つ》けて来たかは、やがて対峙《たいじ》し刃を交えてみればわかる。

（少し急いでもらおうか）

それまでゆっくり進めていた歩みを、美涼はつと速めた。走り出した。唐突に走り出した美涼に驚き、尾行者もつられて走り出す。

（案外そそっかしいな）

美涼は内心苦笑する。こんなとき、慌てて走り出すなどは愚の骨頂《こっちょう》だ。これまで折角ひた隠してきた自分の存在を、わざわざ相手に教えることになる。

（まあいい。そのままついて来い）

思いながら、美涼は一途に足を速める。

松巌寺《しょうげんじ》の裏の空き地に誘い込むつもりだった。雑草が伸び放題なため藪蚊《やぶか》が多く、本当はあまり近づきたくない場所なのだが、何時何処《いつどこ》から人が現れぬとも限らぬ街路上で斬り合うよりはましだろう。

濃厚な草の匂いが鼻腔を擽《くすぐ》りはじめたところで、美涼はふと足を止めた。

それまで背後に迫っていたはずの気配が、いつのまにか消えてしまった。

(え?)

と同時に、無防備な足音が近づいてくる。

ザッ、ザッ、ザッ、
気配を隠すどころか、あからさまに自分の存在を主張しながら来るような者が、闇に乗じて美涼を狙おうとする刺客である筈がなかった。

では、刺客は一体何処に行ってしまったのか。

(誰だ?)

足音の響く闇に目を凝らしているとき、

「美涼殿?」

不意に名を呼ばれ、思わず悲鳴をあげそうになるほど、美涼は驚いた。相手が提灯を顔の高さに翳《かざ》してきたので、慌てて目を逸らす。

「美涼殿でしょう？」

重ねて問うてくる声音に多少聞き覚えがあり、美涼は仕方なく顔をあげ、相手を見た。二刀を手挟《たばさ》んだ武士であることは、その影からも容易に知れていた。隼人正とほぼ同じくらいの長身に、提灯の明かりに照らされた顔は精悍に引き締まっている。

声音とともに、男の貌《かお》にも些《いささ》かの見覚えがある。

「倉田《くらた》様」

美涼は困惑し、提灯の明かりから再び目を逸らした。

「このような時刻、このような場所で、一体なにをしておられる？」

(それはこっちの台詞《せりふ》だ)

という言葉は盃の酒の如くに呑み込んで、

「別になにもしておりませぬ。帰宅する途中でございます」

極力感情を押し殺した口調で美涼は答えた。

「浅草寺《せんそうじ》の縁日に行き、大吉が出るまで神籤《みくじ》をひいておりました」

とは、言えるわけがない。

「このような時刻まで、お一人で、一体なにをしておられたのですか？」

執拗《しつよう》な男の言葉はもとより無視するつもりだったが、その言い種《ぐさ》が、ただ黙殺するだけでは気がすまぬほど癪に障ったので、

「倉田さまこそ、一体なにをしておいでなのです？　確か、お住まいは下谷《したや》の練塀小路《ねりべいこうじ》では？」

逆に問い返してやった。

嫌われるのは承知の上の憎々しい言葉つきである。男を敬《うやま》いもせず、対等以上の口をきくような女を、世の常の男なら屹度《きっと》激しく嫌うはずだ。

「お宅までお送りいたしましょう。……いくらご近所とはいえ、提灯も持たずに歩かれるのは物騒ですよ」

だが悪意に満ちた美涼の言葉などまるで意に介さず、男は、屈託のない笑顔を見せて言った。もしその笑顔が本心を隠した作り物であるなら、それ以上腹黒い人間は滅《めっ》多《た》にいないだろう。

「そうそう、このあたりでなにをしていたか、とのご質問でしたな」

先に立って歩き出しながら、その男――倉田典膳《てんぜん》は美涼を顧《かえり》みた。

「見回りをしておりました」

「え？」

「近頃どこも物騒ですからな。つい数日前も、大店《おおだな》の主人が、株仲間の寄り合いの帰りを襲われたらしいじゃありませんか」

「町方でもないのに、ですか?」

「確かに私は、町方でも火盗の役人でもないが、これでも武士のはしくれです」

「だから、市中の見回りをなさっていらっしゃるのですか?」

「ええ」

倉田典膳は衒《てら》いもなく頷く。

「官職にあるかどうかは問題ではありますまい。刃を持つことを許されぬか弱き者が難儀に遭うなら、それを助けるのが、二刀を所持することを許された者にとって、最低限の務めかと思いまして。ましてやそれがしは、武芸の指南をして生計《たつき》をたてている者でもありますれば」

「…………」

美涼は息を詰め、倉田典膳の顔に見入った。彼の言葉は、常々美涼が思ってきたことを、そっくりそのまま口写しにしていた。隼人正に言えば、忽《たちま》ち叱責されそうな暴論なのに、まさか自分以外にも同じ思いを懐《いだ》いている者が——それも武士がいたとは。

いやでいやで仕方のなかった相手が、ふとしたことで好意の対象に変わる。そんな不可解な瞬間を、どうやら美涼は体験したようだった。

二

足音を殺し、気づかれぬよう部屋まで辿り着く自信はあった。

だが運の悪いことに、ちょうどお蓮の店から帰った風情の隼人正と玄関口で鉢合わせしてしまった。

「いま戻ったのか？」

「はい」

「随分とゆっくりではないか」

「…………」

何処に行っていたのだ、とも、なにをしてきたのか、とも、問わぬ隼人正に、美涼は困惑した。いつもなら、気怠《けだる》げな微笑を浮かべながらも執拗に美涼を問い詰め、嘘や言い逃れを決して許さぬはずなのに。

最早隼人正は、美涼が何処でなにをしようが、全く興味がないのだろうか。

（師父さまは本当に、私が嫁に行けばいいとお考えなのだろうか）

そう思うと、忽ち全身から生きる気力が抜け落ちて、なにもかも、もうどうでもいいような気がしてくる。

あれほど心を痛めた辻斬り・強盗の問題にしても、いまとなっては、本当になんとかしたいと思ったのか、ただ隼人正を困惑させたくて逆らったのか、自分でもよくわからないほどだ。

だが、自らそれを認めてしまうのはあまりにも情けないので、

「市中の見回りに行っておりました」

敢えて胸を反らし、わざと隼人正が怒りそうな言葉を選んで言った。

彼が怒ってくれることを期待した。

「あれほど言うたに、そなたはまだわからぬかッ」

と一喝《いっかつ》してほしかった。

もっとも、日頃から、激昂《げっこう》して声を荒げるような人間ではないので、それはもとより無理な相談なのだったが。

「なるほど」

案の定、眉《まゆ》一つ動かすことなく、隼人正は言った。

「それで、賊の一人でも、捕らえるか斬るかすることはできたのか？」

静かな声音で問い返され、美涼は絶望的な気分に陥った。

「いいえ」

「そうか」

隼人正は軽く頷いたが、それ以上は興味が湧かぬようで、立ち尽くす美涼のほうを一顧だにしない。

「このあたりに出没するような辻斬りであればたいしたこともあるまいが、くれぐれも気をつけよ。あまり遠出をするでないぞ。ここ本所界隈でなら、そなたのことは多少人に知られていよう。だが、あまり知られていないところへ行けば、当然のことながら、そなたのほうが賊と見なされる」

「…………」

言うだけ言って、さっさと廊下を歩き出してしまう冷たすぎる背中を、美涼は無言で見送った。

(あれから、ずっとこの調子だ)

美涼は内心激しく舌打ちする。

あれから——。

それは、十日ほど前但馬屋《たじまや》の隠居・清兵衛《せいべえ》が美涼の縁談話を持ち込んできて、それからほどなく縁談の相手が、何食わぬ顔でこの隠居所に現れてからのことである。

つと——。

「そうじゃ」

隼人正が足を止め、美涼を顧みた。

その冴えた切っ尖のような瞳が、痛いほどに美涼の胸を貫く。

「遠出をする際には、例の道場主……倉田といったか？……に同道してもらうがよい。用心棒にはなるであろう」

言うだけ言って、さっさと自室に入ってしまう隼人正に、美涼は、咄嗟《とっさ》に返す言葉もなかった。

「師父さま」

だから茫然と立ち尽くしていた。

そんな美涼を、漸《ようや》く玄関口に辿《たど》り着いた竜次郎が、まじまじと見つめる。日頃隙のない美女の、隙だらけな姿を垣間見るのはちょっとした快感だ。

「ああ見えて、けっこう飲んでらっしゃるんですぜ、御前は」

ため息混じりに竜次郎は言い、更なる美涼の動揺を誘おうとした。だが。

「なんだ、お前はッ」

美涼は忽ち激昂した。

とんだ八つ当たりというものだった。

「ご主人のあとを影のごとく付き従うのがお供の役目。なのに、いまごろのこのこ追いついてくるとは、なんたる怠慢だ。これでは供の意味がないだろう」

「そりゃ、申し訳ありませんね。御前はあのとおりのご健脚で、おいらはこのとおり、島帰りの怠《なま》け者ですからね、同じ道を歩いたって、おのずと差がついちまいまさぁ」

「竜次郎」

低く彼を呼ぶ美涼の声音に微量ながらも殺気がこもるのを、竜次郎は確かに感じた。

「め、滅相もねえ」

故に竜次郎は慌てて手を振り、

「美涼さまを怒らせるつもりなんざ、こちとら、さらさらありませんよ」

懸命に言い募る。

「では、どういうつもりだ？」

「早い話が、但馬屋さんも、随分と余計な真似をしてくれた、ってことですよ」

「…………」

「でしょう、美涼さま？」

懐《ふところ》に矛《ほこ》を突《つ》き入れられるような鋭い問いかけに、美涼は答えられなかった。

すべては竜次郎の言うとおりながらも、それをそっくり肯定すれば、美涼の本心が知られてしまう。この期《ご》に及んでも、美涼はそれを、余人に——殊に竜次郎には知られたくなかった。

「師父さまは、なにか仰《おつしや》っておられたか？」

恐る恐る美涼は問うたが、

「いえ、別に、なにも」

竜次郎の答えはいたって冷淡だった。

その不貞腐《ふてくさ》れた態度に美涼は困惑したが、それ以上重ねて問い質すほどの度胸もなかった。

「見合い？」

隼人正と美涼は、そのときほぼ同時に、そして異口同音に聞き返していた。

その声色口調は、ともに、無意識のうちに険しいものとなる。

但馬屋の隠居が来て、美涼が隼人正の部屋に呼ばれたときから、いやな予感がしていた。日頃たいした用件もなく、暇さえあれば隼人正を訪ねてくる但馬屋だが、そこへ美涼が呼ばれることなど殆ど——いや、全くない。

とりたてて用件を持たない但馬屋の、その無駄話の大半は昔話であり、そしてその大半は美涼に聞かせたくない類《たぐい》の話だったからである。

「美涼？　美涼に一体なんの用だ？」

だから、但馬屋から、今日は美涼にも是非聞かせたい話があるから美涼をこの場に呼んでほしい、と言われたとき、隼人正は渋い顔をした。

但馬屋が美涼に聞かせたいという話の内容について、ほぼ察しがついたために他ならなかった。しかし、だとしたら、意図的に美涼を呼ばないというのは難しい。呼ばねば、但馬屋はあれこれ隼人正の気持ちを勘繰《かんぐ》るであろう。

仕方なく、呼んだ。

おまさを行かせてから、美涼が他行《たぎょう》していることを一途に願ったが、さほど広くもない隠居所で隼人正が全く気づかぬ間に美涼が出かけているなど、先《ま》ずあり得ない。

ほどなく、美涼が来た。

「お呼びでございますか」

隼人正に一礼したきり、困惑顔で部屋の外にいる美涼を、自らの隣に座るよう、隼人正は目顔で指示した。

美涼が着座するのを待ち、開口一番但馬屋清兵衛の言った言葉が、

「以前より御前から仰《おお》せつかっておりました美涼様のお見合いの件でございますが」

である。

隼人正と美涼が、異口同音に口走ったのも無理はなかった。

(以前より、仰せつかっていた、だと?)

(私は、申しつけた覚えはないぞ)

二人の心中になどまるで頓着せず、

「はい、よいお話でございますよ」

但馬屋の隠居はいつもの恵比寿《えびす》顔を一層笑《え》ませ、悪びれもせずに言葉を続ける。

「お相手は、天然一刀流《てんねんいっとうりゅう》という御流儀の道場主で、倉田典膳というお方でございます。お年は当年三十歳」

「どこの、なんという道場だ?」

内心の動揺をひた隠し、殊更《ことさら》冷たい声音で隼人正は問うた。だが、

「え、ど、道場でございますか……」

まさか、真っ先にそれを訊かれるとは思わなかったのか、但馬屋は少しく狼狽《うろた》えた。

「た、確か……下谷《したや》の……」

懸命に記憶の糸を手繰りながら、

「下谷…そう、下谷練塀小路の《一進館《いっしんかん》》道場でございます」

なんとか答えると、

「下谷の一進館だと？　知らぬなぁ」

隼人正は更に冷ややかに言い放つ。

「それに、天然一刀流などという流儀は聞いたこともないわ」

「一刀流系の一流派ではないでしょうか？」

それまで黙っていた美涼がすかさず口を挟んだ。

「それはそうであろうが――」

言いつつ隼人正はそれとなく美涼のほうを盗み見る。あからさまに顔を覗くことはさすがに憚られるが、いまこの瞬間彼女がどんな表情をしているか、見たくて見たくて仕方がなかった。

「聞いたことがないものは仕方ない。一刀流は一刀流でも、余程片田舎で派生した小流儀か、或いは一刀流を騙《かた》る輩であろう」

「でも、お名前は、小野《おの》派の御流祖と同じではありませぬか」

とニコリともせずに応じる美涼もまた、隼人正がいまどんな顔をしているか見たい衝動に堪《た》えながら、陶器の人形を思わせるほど無表情な横顔を彼に向けている。

（一体なにを考えておるのか）

その無表情は、縁談を持ち込まれた若い娘にしては些か——いや、かなり奇異なものにも思えるが、心中など到底推し量る術《すべ》もない。一方、隼人正も負けず劣らず不機嫌な顔つきで但馬屋と向き合っているが、その言葉は美涼にだけ向けられている。

「小野派一刀流の祖・御子神典膳《みこがみ》は、一刀流開祖・伊藤一刀斎《いとういっとうさい》に師事した当時は御子神典膳を名乗っていたが、その後一刀流の秘伝を授けられ、正統後継者となってからは、小野次郎右衛門吉明《じろうえもんよしあき》と改名した。のちに、二代将軍秀忠《ひでただ》公の御名の一字を賜り、忠明《ただあき》と名乗る。故に、小野派一刀流の流祖の名は、小野次郎右衛門忠明とするのが正しい」

「一刀流の秘伝とは《夢想剣《むそうけん》》のことでございますね」

問い返す美涼の表情が忽ち和らぐ。いや、輝いた、といったほうがいいかもしれない。

「夢想剣の秘伝は正統のみに伝えられる相伝であったから、いまではどのようなものであったか、知る由もないがな」

「でも、師父さまならば、だいたいご想像がつくのではありませんか」

「いや、かつて一刀流の免許をいただいたことがあるといっても、長年に及ぶ実戦によって変化し、鍛えられた私の剣は、いまでは殆ど無流派のようになってしまった。正統の秘伝など、想像もつかぬ」

「そうですか」

美涼は目に見えて落胆した。

隼人正は、剣の師にあたる牧野成傑が一刀流の使い手であったことから、幼少時には一刀流の道場に入門し、十七で免許を得た。その上達のあまりの速さ故、当時は神童と褒《ほ》めそやされたものである。

しかし、美涼に剣の手ほどきをする際、隼人正は一刀流の型などは一切教えず、只管《ひたすら》実戦にのぞむ方法ばかりを教えてきた。一つには、美涼には拳法の下地があり、体の使い方をある程度習得していたため、一から型を教える必要がなかったせいでもある。

「私も、一刀流の電光《でんこう》や明車《めいしゃ》などの型を習うてみとうございました」

「今更必要あるまい。そなたには私のすべてを教えてきた。電光も明車も……いや、すべての技を、そなたは身につけておる」

「そうでしょうか」

「疑うなら、一度道場へ行き、師範と立ち合うてみるがよい」

「師父さまがはじめて剣を学ばれた牛込の不知火《しらぬい》道場でございますか」

「そうじゃ。私も久しぶりで顔を出してみるかな。私が師範代をしていた頃の館長はとうの昔に亡くなり、いまは息子があとを継いでおる」

「折角道場に行かれるのでしたら、牧野様もお誘いして、久しぶりに立ち合われてみてはいかがでしょう」

「それはよい考えだ。どうせお暇であろうし、そなたに会えるとなれば、二つ返事でやって来るであろう」

「あ、あのう、御前……」

二人のやりとりを、半ば呆気にとられて聞いていた但馬屋が、遠慮がちに言葉を挟《はさ》んだ。

「それに、美涼さまも……その、話を戻してもよろしゅうございますか?」

「話? はて、なんの話だったかな?」

隼人正は空《そら》とぼけた。

別に但馬屋を困らせたかったからではない。不愉快な話題からは、自然と耳が遠のくのだ。

「ですから、美涼さまのお見合いの話でございますよ」

但馬屋の困惑は言うに及ばない。自慢の恵比寿顔も、最早《もはや》かたなしである。

「このお話、すすめさせていただいてもよろしゅうございますか、御前？」

「………」

「美涼さまはいかがでございます？」

「なにをすすめるというのだ？」

他人事《ひとごと》のように問い返す美涼の顔つきもまた、瞬時に愛想のないものに戻った。

剣の話なら忽ち目を輝かすが、己の縁談には全く興味がないと言わんばかりなその反応のわかり易さを、隼人正は内心笑っている。

しかし、但馬屋は但馬屋で、相当意気込んで来ているのである。多少のことでは引き下がらない。

「なにしろ先方は、大乗り気なのでございますよ」

「先方というのは、その道場主のことか？」

隼人正は不機嫌に問い返す。

「ええ、なんでも先月の川開きの晩、与太者どもの喧嘩を仲裁する美涼さまのご様子をご覧になったそうでして、強く美しいあのような女性《にょしょう》こそ、我が理想であると仰《おお》せられ、美涼さまのことをお尋ねになられたそうでございます。なにしろ、この界隈では美涼さまを知らぬ者のほうが少のうございますから、すぐに素性は知れて、こうして手前のところへ話がまわってきたというわけでして……」

ここで話題を逸《そ》らされてはいつまた言葉を発する機会が得られるとも限らない。但馬屋は必死に捲《まく》し立てた。

だが、どうやらそれがあだとなった。

「美涼」

隼人正の矛先は再び美涼に向けられる。

「はい？」

「本当か？」

「なにがでございます？」

「川開きの晩、そのようなことがあったのか？」

「さあ、存じませぬ。全く身に覚えのないことでございます」

美涼はしらを切った。

当然である。川開きの折は、例年どおり但馬屋が用意してくれた屋形船から、隼人正とともに花火を見物した。船を岸に着け、これも但馬屋が用意してくれた料理茶屋へと移動する際、人混みの中でしばし隼人正らとはぐれたが、その間に件《くだん》の喧嘩《けんか》に遭遇した。

与太者同士など、勝手に殺し合って共倒れになればよい、と常々思っている美涼だが、場所柄も弁《わきま》えず刃物を振り回す馬鹿者どものために多くの善良な者が迷惑を被《こうむ》るのを見過ごすわけにはいかなかった。そこで直ちに、自分にできることをした。

人混みで大刀を振り回すわけにはいかないので、素早く駆け寄り、両者の間に割り入った。短刀を握った男の手の甲を手刀で一撃、同時にもう一人の脇腹を膝《ひざがえし》返にて一蹴、更に身を翻《ひるがえ》し、短刀を叩き落とされて喚《わめ》く男の鳩尾《みぞおち》へ拳を一撃――。

それだけで充分だった。二人の与太者は、ひと声呻いてその場に蹲《うずくま》ったきり、動かなくなった。

あとはそのあたりにたまたま居合わせた顔見知りの目明かしに任せておけばよかった。

人波に揉まれてはぐれた風情をつくりながら隼人正の待つ料理茶屋へと急いだ。幸い、隼人正にはなにも気づかれずにすんだ。

気づかれずにすんだというのに、今更こんな形で隼人正の耳に入れてくれた縁談相手に対して、美涼ははじめて淡い憎悪が湧いた。

「そのお方が見かけたのは、私ではありません」

「それはまことか？　与太者の喧嘩を仲裁するなど、左様なお転婆《てんば》、そなた以外にもおるとは思えぬが」

「なにを仰せられます。あの夜私は師父さまとずっと一緒におりました。与太者の喧嘩に巻き込まれているひまなどありませんでした」

「………」

「その……なんでしたか？　典膳さまとやらが見かけたのは私ではありません」

「平田典膳だ。名前くらい覚えてやらぬか」

「平田？　確か、倉山典膳さまでございます。師父さまこそ、覚えておられぬではありませんか」

「いや、平山だ。平山典膳だ。そうだな、但馬屋？」

「倉田典膳さまでございます」

泣きそうな声音で、但馬屋が答えるのと、

「どうせ人違いなのですから、名などどうでもようございます」

言い捨てざまに立ち上がった美涼がさっさと部屋を出て行くのとが、殆ど同じ瞬間のことだった。

「おい、美涼、見合いはどうするのだ？」

「人違いなのですから、私には関係ございません」

その背に問いかけると、惚れ惚れするほど冴えた言葉が返された。言い返す際、美涼は足も止めなかった。

「人違いだそうだ」

但馬屋に向かって告げられた隼人正の声音は、どこか愉しげであった。

本人が人違いだと主張している以上、仕方ない。話はそれで終わりである。

いや、終わるはずだったのだが……。


だが、それだけでは終わらなかった。

数日後、倉田典膳と名乗る壮年の武士が、

「率爾《そつじ》ながら――」

と隠居所の門前に立ったのである。

「この家の娘御にお目にかかりたい」

と言って聞かず、仕方なく美涼が玄関口に立つと、

「おお、矢張《やは》り間違いない！」

男は大仰《おおぎょう》に声をあげ、満面の笑みを見せた。

隼人正と同じくらいの長身に、少年のように黒く大きな瞳をもつ、浪人風体《ふうてい》の男だった。

「あなたが、美涼殿ですね」

「え、ええ」

美涼は仕方なく頷くしかなかった。

「矢張り、あの川開きの折にお見かけした方だ。間違いござらぬ」

「…………」

「拳法の心得がおありか？」

「…………」

「いや、見事なお手並みでござった。それがし、感服仕《つかまつ》りました」

美涼は応えず、ただ大きな目を絶えず動かしながら喋る男の顔を、呆気にとられて見返していた。

（齢は、確か三十？…竜次郎と同い年のはずなのに、ずっと若く見える）

見つめつつ、ぼんやり思った。

もっとも、竜次郎の場合は五年に及ぶ島暮らしですっかり苦労が身に付き、人相も面《おも》変わりしてしまったのだろうから、比べては可哀想かもしれないが。

「間違いないとわかったところで、改めてお願いいたす。それがしの妻となってはいただけまいか」

　唐突な男の言葉だった。

　美涼は内心仰天していた。だが、たとえどんなに仰天させられようが、ここで男に気《け》圧《お》され、臆《おく》するような美涼ではない。

「いやでございます」

　即座に応えた。

　間髪《かんはつ》入れぬ美涼の即答に、男は容易《たやす》く絶句した。まさか、こうもあっさり拒絶されるとは、夢にも思っていなかったと言いたげな顔つきで。

「な、何故に？」

　絞り出すような声音で問い返すまでにはしばしのときを要した。

「仲人もたてず、このような門前にていきなり求婚なさるなど、言語道断でございましょう。無礼の極みというものです」

「し、しかし、それは……ですから私は、但馬屋殿に――」

「但馬屋は町人。武家の縁組みに口出しできる立場ではございませぬ」

とりつく島もない美涼の言葉に、男——倉田典膳は、遂に言葉を失った。大きな瞳が落ち着きを失い、わななきながら美涼を見つめた。怯《おび》えたように戦慄《おのの》く瞳は、さながら可憐な小動物のようにも見えた。

（大胆なのか気が弱いのか、よくわからぬ男だな）

その一部始終を、玄関を入ってすぐの座敷の襖の裏側で息を潜《ひそ》めて盗み聞きながら、隼人正は思った。

美涼の手に余るようであれば、自分が出て行って追い返さねばならぬと思い、待機していたが、どうやらその必要はなさそうだった。

# 三

「だいたいなんだ、あのちっぽけなボロ道場は」

隼人正の声音にこめられた怒りの色は、次第に熱をおびてきた。

日頃、酔って放言するなどということはおよそあり得ぬ隼人正だが、通い慣れた店だけに、多少気が弛《ゆる》んだのかもしれない。

「あれでは門弟もろくにおるまい。道場で生計がたてられているとはとても思えぬ。

大方、ヤクザ者の用心棒でもして、食いつないでいるのであろう」

「あんな童顔じゃ、地回りの用心棒なんざ、できやしませんや」

宥めるように竜次郎は言うが、それとなく相手を貶《おと》しておくことも忘れない。

「あのようなボロ道場の主が、よりによって、美涼を嫁にもらいたいとは、よくぞぬかした」

竜次郎の注《つ》ぐ酒を、注がれるそばからひと息に飲み干し、隼人正は言葉を継ぐ。

「そもそも美涼は、私の養女……隠居したりとはいえ、二千石の旗本・本多家の娘だぞ。それに引き替え、あの男はなんだ。要するに、官職を得られぬ浪人風情《ふぜい》ではないか。浪人風情めが、畏《おそ》れ多くも、直参の娘を嫁にほしいとは、身の程知らずにもほどがあるわ」

「でも、美涼さまは、元は丸山遊女の娘さんなんでしょ」

いくら腹立たしいとはいえ、隼人正の悪口もあんまりだと思い、竜次郎はつい口を挟んだ。

同じ女に惚れた男として、身分違い云々《うんぬん》を理由に拒絶されることは、あまりに切なく情けない。市井《しせい》の暮らしが長いとはいえ、所詮隼人正は殿様育ちだ。そんな、下々《しもじも》の心の機微は、わかるまい。

だが、些か寂しい思いをしながら、忽ち空になる隼人正の猪口に酒を注ぎ続ける竜次郎を、

「たわけッ」

隼人正は一喝した。

「あれは……美涼は、世が世なら、清朝《しんちょう》の王女だ。この私でも容易には近寄れぬ高貴なお方かもしれぬのだ。無礼なことを申すと許さぬぞ」

「まさか……」

隼人正の剣幕を怖れながらも、竜次郎には苦笑するしかない。

「美涼さまのお父上は、そりゃ唐人船主かもしれませんが」

「黙れ、下郎がッ」

隼人正は再び語気を荒くする。

平素の彼は、どれほど腹に据えかねることがあろうと感情が激しようと、およそ、大声を出したり語気を荒げたりする人間ではない。それがここまであからさまに激しているのだから、この時点で既に平素の彼ではなく、相当酔っているのだと気づくべきであったが、竜次郎にはわからなかった。

「これだから、ものを知らぬ下郎にはあきれるわ」

（また下郎呼ばわりかよ）

さすがに竜次郎は腐《くさ》ってしまう。

だが隼人正も、さすがに言い過ぎと気づいたのか、

「よいか、竜次郎、前朝の明《みん》が滅び、清朝が興ってから、今年で何年になると思う？」

いつもの彼の静かな口調に戻り、まるで子供に言い聞かせるかのように優しく問うた。

「さあ…百年くらいですかね？」

「百八十年余だ」

「そうですか」

「お前は知らぬであろうが、唐《もろこし》の王朝というものは、すべてが桁外《けたはず》れだ。後宮華麗三千という言葉を聞いたことがあるか？」

「ええ、あれは確か、廣小路《ひろこうじ》の講談だったかな……『三国志《さんごくし》』とか『水滸伝《すいこでん》』とか、結構好きなんですぜ、おいら」

「知っているなら、それでよい。とにかく、唐の皇帝の後宮には常に三千人からの美女が犇《ひし》めいておる。その一人一人に子を産ませたとすれば、皇子皇女の数は、一体幾

人になると思う？　その皇子皇女が更に子を産めば、皇孫の数は一体幾人に及ぶか？　更に、三代四代と、代を重ねっていったとき、王朝の血筋の者が果たしてどれほど存在しようかは、想像もできぬ」

「そりゃ、そうでしょうね」

「それ故、唐土では、一つの王朝が百年も続けば、王都を歩く人の四人に一人は王族だと言われておる」

「そ、そうなんですかい」

竜次郎は多少慌てた。

隼人正のその冴えた饒舌《じょうぜつ》、理路整然とした言葉つきは、容易《たやす》く竜次郎を丸め込む。

「わかったか、竜次郎、美涼の父親が、清朝に縁の者でないと、何故言い切れる？　言い切れぬであろう。されば、美涼が清朝の王女であったとして、なんの不思議もあるまい」

「まあ、そういうことになりますかね」

と渋々ながらも応える竜次郎の面上からは、反駁《はんばく》の色が消えていた。一応納得したようだ。

「そういうことなのだ」

言うだけ言って満足したのか、将又《あるいはまた》疲れてしまったのか。

「だから、美涼には……」

言いかけて語尾を濁し、それきり隼人正は口を噤《つぐ》んだ。

「え？　なんです？」

竜次郎は無遠慮に問い返すが、隼人正は応えなかった。

応えぬ隼人正を、竜次郎は持て余すしかない。

(厄介なお人だな)

思うものの、同じ男として、その気持ちは痛いほどよくわかった。

未《み》の刻過ぎ、美涼が浅草寺の縁日に出かけて行くのを見届けてから、

「出かける」

隼人正はふらりと隠居所を出た。

供をしろ、と命じられたわけではなかったが、なんとなく、一人で行かせてはいけないような気がして、竜次郎は彼を追った。

行き先は、案の定練塀小路の《一進館》道場——倉田典膳の住まいに他ならなかった。

(そうですよ、あんな野郎にはガツンと言ってやって、それでもつべこべぬかすよう

なら、叩きのめしてやればいいんですよ）

竜次郎は、内心大いに期待していた。

天然一刀流だかなんだか知らないが、いずれ枕橋《まくらばし》の御前の敵ではあるまい。

途中、多少道に迷ったものの、一刻とはかからず、道場に行き着いた。

「これは……」

一瞥《いちべつ》するなり、隼人正が口走ったのも無理はないほど、それは、道場とは名ばかりの、古びた薄汚い建物だった。

「ひでえ道場ですね」

竜次郎の言葉にも、隼人正は応えず、無言であった。

通りを隔てたところから、しばらくその古びた道場を眺めていたが、いくら待っても門弟らしき者が全く現れぬことを奇異に思ったか、やがて三間ばかりの通りを横切り、武者窓に近づいた。

そこまで近寄っても稽古の声など全く聞こえず、人の気配すら殆どしない。

（まさか、休みというわけではあるまい？）

考えつつ、隼人正は注意深く中を覗き込んだ。道場の中は薄暗いので、一旦目を閉じ、しばし暗さに目を馴らしてから、満を持して覗き込んだのに、結局稽古に励む弟子たちの姿をそこに見出すことはできなかった。

(これで道場とは、よくぞぬかした)

隼人正は踵《きびす》を返し、足早にその場を離れた。

「え、声をかけないんですかい？」

驚いたのは竜次郎である。

「ね、御前、折角ここまで来たんですよ。一言挨拶してやりましょうよ」

懸命に言い縋《すが》ったが、隼人正はとうとう歩みを止めてはくれなかった。

来たときと同じ道を辿って本所に戻ると、まだ暖簾《のれん》も出されていないお蓮の店に足を向けた。

「まあ、御前」

「少し早いが、よいであろう？」

「ええ、よろしゅうございますよ」

開店前とはいえ、相手は他ならぬ隼人正である。お蓮に否やのあるはずがなかった。

# 四

美涼が倉田典膳の《一進館》道場を訪れたのは、隼人正と竜次郎が訪れたその翌日――美涼自身が夜道で典膳と出くわした翌日のことである。

「お手合わせ願えますか」

いきなりの美涼の来訪に面食らったか、すぐには言葉が出ない様子の典膳に、先手を打って美涼は言った。

喧嘩は先手必勝である。

「は、はい」

年下の美涼相手に、典膳は少しく慌てていた。

「も、もちろん」

先夜、凛《りん》とした言葉と態度で自分を感動させてくれた男に会いに来たつもりの美涼は、怯えた小動物のように慌てふためく典膳に少しく失望したが――。

「当流儀は、防具は用いませぬが?」

「結構です。道場で打ち合った経験は殆《ほとん》どありませんので、かえって助かります」

互いに竹刀《しない》だけを手にして道場中央で向き合ったとき、

（え？）

美涼が思わずたじろいだほど、典膳の体内より発せられる《気》は大きく、精強だった。

「いざ」

正眼に構えた次の瞬間、典膳の体が実態を伴わぬ一条の煙と化したかと錯覚した。それくらい、速い動きだった。

次の瞬間典膳の体は美涼の目の前にあり、その剣先はいままさに、美涼の体に届かんとしている。

ガッ、

美涼はそれを辛うじて鍔元《つばもと》に受け止め、竹刀を合わせることを嫌って小さく退《ひ》いた。

（こうも違うものか）

美涼は心中密かに舌打ちする。

美涼はこれまで、竹刀による打ち合いというものを殆ど経験したことがない。隼人正との稽古は常に木刀であった。

「竹刀の感覚に体が馴染んでしまうと、真剣を用いる際の妨げとなる」

というのが隼人正の考えであった。

竹刀ならば、打たれる痛みを感じても怪我をするにはいたらない。だが、もし木刀の一撃を受け損じれば、骨も砕けたかと思うほどの痛みとともに、実際に骨が砕けることになる。それ故打たれまいとして感覚が研ぎ澄まされ、上達が速くなる。

隼人正は、もとより手加減などしてくれない。

受け損じる度、二～三日は木刀を握れないほどの怪我をした。しかし、受け損じる回数は次第に減り、一年もすると、隼人正が如何に変幻自在の太刀技を見せようとも、打ち込まれることは全くなくなった。

そうなってはじめて、隼人正は、美涼に攻撃の技を教授した。

「防御が満足にできぬ者に攻撃技を教えたところで、穴の開いた桶に水を汲むが如きもので、なんの役にもたたぬ」

隼人正の言うことは、当時の美涼にはいまひとつ理解できなかったが、結局は彼の言うとおりだった。

完璧な防御ができてはじめて、自らも攻撃を仕掛けることができる。もしも防御が疎《おろそ》かであれば、忽ち足元を掬《すく》われてしまうだろう。

美涼の剣は、隼人正との稽古と実戦の中で鍛えられていったもので、道場で型から入ったものではない。そのため、道場で学ぶ伝統流派の型というものには常々興味があった。隼人正は今更必要ない、と言うが、もし本当にそうなら、不慣れな竹刀での立ち合いでも、無敵であるべきではないか。だが。

（なんてやりにくいの）

面、胴、面、胴……と自在に撃ち込んでくる典膳の竹刀を辛うじて受け止めつつ、美涼は思った。

先ず、道場の床を滑るように進む典膳の足技に、美涼は圧倒された。そんな器用な真似は、道場での稽古を経験したことのない美涼には到底できない。できない、と思い知らされることが、美涼を一層焦らせた。

隼人正との過酷な木刀稽古のおかげで、典膳の竹刀を受け損じることはないが、こちらから撃ち込む余地は全くない。攻撃できず、撃ち込まれる一方であれば、それは即ち、負けているのと同じことだ。

喉元を、抉るように突いてくる竹刀の尖《さき》を間際《まぎわ》でかわすと、

ぎゅんッ、

耳朶に不快な摩擦音が残る。典膳の竹刀捌《さば》きが巧みすぎるためだ。

面と胴を狙う合間に、典膳は、時折鋭い突きを入れてきた。もし同じ技を真剣にて

も為せるものなら、美涼の命はとうになくなっている。

(師父さまッ)

その心の叫びは、幼子が親を慕うときの泣き声に相違なかった。それほどに、このとき美涼は追い詰められていた。複数の敵と、白刃を交えたときですら感じたことのない恐怖が、美涼の体はおろか心まで、容易《たやす》く捕らえて支配していた。


「師父さま」

いまにも泣きそうな美涼の顔を見た瞬間、隼人正には彼女の身になにが起こったか、だいたいのことが察せられた。

長崎丸山で出会ってから十年余、隼人正は、これまで数えるほどしか、美涼の泣き顔というものにお目にかかったことがない。その数少ない機会をもたらした理由がなんであったかを、もとより隼人正は忘れていなかった。

最初は、拳法の師の仇を討つため、剣を教えてほしい、と隼人正に頼んできたとき。

二度目は、師の仇が既にこの世にいないと知らされたときだ。

隼人正が美涼に剣を教えてくれるかどうかは隼人正の心次第。美涼自身の力を以てどうにかできる問題ではない。仇の死も同じである。己の力だけではどうにもならない困難に直面したとき、心ならずも、美涼は泣いた。

だが、どんなにつらい修行の最中にも、美涼は決して泣かなかった。己の力が及ばぬことについては決して泣かず、じっと耐えた。気丈な娘だった。

そんな美涼が、たったいま、無防備な泣き顔を隼人正に見せるとすれば……。

「負けたのか？」

「はい」

美涼は素直に頷いた。

「道場で、竹刀を用いての立ち合いでか？」

「はい」

「あの男、そなたに撃ち込みおったのか？」

「いいえ、撃たれてはおりませぬ」

「撃たれていないのであれば、負けではあるまい」

「いいえ、撃たれなかったかもしれませぬが、私から撃ち込むこともできませんでした。負けと同じです。……申し訳ありませぬ、師父さま」

なるほど、美涼がいまにも泣きそうな理由はこれか、と隼人正には合点がいった。

美涼は、自分が敗れることで、自分に剣を教えてくれた隼人正の名誉まで傷つけてしまうことを懼《おそ》れている。己の力ではどうにもならぬ事態に直面したとき、美涼は無力な子供と化し、無防備に泣いてしまうのだ。

「そなたは負けてはおらぬ」

強い語調で、隼人正は断じた。

池の鯉《こい》に餌をやっていた手を止め、

「真剣にて、この庭で立ち合えば、そなたはあの男に勝っておる」

更に強く厳しく、言い切った。

「でも……」

「疑うなら証明してやろう。木刀を持ってきなさい」

「はい？」

「ひとふりでいい。私が使う。そなたは真剣を使うがいい」

「え？」

「いいから、早く持ってきなさい」

「は、はい」

同じことを二度命じられると、美涼は慌てて踵を返した。庭に面した隼人正の部屋には、確か木刀があったはずだ。それを取りに走り出したとき、美涼の胸に、思いがけず、懐かしい嬉しさが溢《あふ》れた。久しぶりで、隼人正に稽古をつけてもらえるということがわかったからに他ならなかった。

# 第三章　過去の跫音《あしおと》

## 一

「美里ッ、美里ッ」

呼んでも金輪際《こんりんざい》応えてくれない女の名を、隼人正は呼び続けた。

抱きしめた体からは既に、膚《はだ》の温《ぬく》みは消えている。抱きしめれば抱きしめるほど、その冷たさが隼人正の腕に伝わり、まるで絶望の 塊《かたまり》 を我が手に抱いているかのようだった。

昨日まで――いや、ほんの寸刻前までは笑ったり喋ったりしていた女が、眩《まぶ》しいばかりの命の輝きを放っていた女が、いまは息をしていない。息をしない冷たい骸《むくろ》となって、隼人正の腕に絶望を伝えてくる。

（嘘だッ）

隼人正には信じられなかった。

突然の美里の死はもとより、たった一つの命がこの世から消えたために、自分を取り巻く周囲の景色、その色までが、すっかり変わってしまったということが。

庭には、今年はじめての木槿《むくげ》の花が咲いている。昨日の朝最初の花が開いたとき、一刻も早く美里に知らせてやろう、と思った。歓ぶ顔を見て、そしてともに花を眺めたならば、どんなに愉しかろうと想像した。

だが、いまこの瞬間、隼人正の目には、あれほど鮮やかな木槿の花の紅《あか》すらも、すっかり色褪《あ》せて映る。

「美里、起きろ。よい加減、目を覚まさぬか」

隼人正は、なお重ねてその耳許に呼びかけた。

根気よく呼びかけていればいつかは美里が目を覚ましてくれる。いや、目を覚ましてほしい。もしかしたら、目を覚ましてくれるかもしれない。

幼少時より神童、麒麟《きりん》児と呼ばれ、将来を嘱望された若き旗本当主も、愛しいひとの骸を前にしたいま、ただ愚かで無力な男にすぎなかった。

「お前の好きな木槿の花が咲いたのだぞ、美里。お前が実家から持ってきて植えさせた花が……一緒に見たい、と言ったのは、お前ではないか。……なあ、一緒に、花を見よう、美里」

語尾が途切れ、嗚咽《おえつ》が漏らされた。

堪えていたものが一度堰《せき》を切ってしまうと、最早《もはや》止める術《すべ》がない。隼人正は泣いた。身も世もなく泣いた。そして、誓った。

(約束するぞ、美里。私は生涯妻は娶《めと》らぬ。そなた以外の女を妻には娶らぬ……)

このときの誓いは十年二十年と守られ、如何に歳月が流れようと隼人正の心から美里の面影が消えることはなかった。

消えることはなかったが、彼の心を幾重にも被ってきた深い悲しみは、この十年ほどのあいだで確実に薄らぎつつある。

思い出の多い江戸を離れ、遠国《おんごく》を旅していたせいで気がまぎれてもいたのだろう。だが、江戸に隠棲してこの数年、ときには美里を思い出さぬ日もあることに気づくと、隼人正は自分でもそのことに愕然とした。

「いい加減に忘れろ」

顔を合わせればうんざりするほど同じ言葉を繰り返していた牧野成傑が、いつしかそれを口にしなくなった。口にする必要がなくなったからに他ならなかった。

当初美里は、理由はわからぬが夜間他行していて辻斬りに出会《でくわ》し、斬られたものと思われていた。

だが、その後の調べで、他行の理由が、明らかに何者かによって呼び出されたのだと判明した。

一体、何処の誰が？

隼人正は懸命に調査した。

美里には、相応の武芸の心得があった。隼人正もときどき稽古をつけていたからわかるが、その腕前は決して生半可《なまはんか》なものではなく、賊の一人くらいなら、容易に防げるはずだった。そして、致命傷にいたったその斬り口は複数のものではなく、一人の仕手によるものだった。だとしたら、その仕手は、余程の使い手ということになる。

そんな使い手が、何故美里を呼び出し、殺したのか。

結局下手人《げしゅにん》はわからずじまいだったが、ただ一つ、想像できることは、犯人の狙いが、美里を餌にして隼人正をおびき出そうというものではなかったか、ということだ。

相手は美里を質《しち》にとり、隼人正を罠にかけようとしたが、その意図を察した美里が、隼人正の足枷《あしかせ》となることを嫌い、激しく抵抗して斬られたのかもしれない。

だが、仮に下手人の狙いが隼人正であったとして、その理由は一体なんなのだろう。考えられるのは遺恨しかないが、隼人正には、人から遺恨を持たれる理由が思い当たらない。

目付の役に就いたといっても、未だお城と屋敷を行き来するだけで、大した働きはしていない。なにか大きな探索にあたり、その結果誰かが——有力な旗本や御家人が処断された、というならわかるが。

(わからぬ)

隼人正の推理は結局行き詰まった。

「わからぬのか、おぬしに恨みを持つ者といえば、俺にはその者以外思い浮かばぬぞ」

成傑から指摘されて、隼人正は不意に後頭部を強打されたかのような衝撃を受けた。

「ま…さか」

確かに、成傑の言う人物であれば、隼人正に対して多少の恨みは懐《いだ》いているかもしれない。だが、だからといって、果たして本当にここまでするものなのか。

「存外甘いな、おぬしは。城中で、誰でもよいからつかまえて、訊ねてみるがよい。十人中十人までが、『かのお人ならば、やりかねぬ』と応えるであろう」

「…………」

「おぬしは女子に夢を見すぎておる。女子の本性は即ち阿修羅《あしゅら》ぞ。男などより、余程恐ろしいわ」

絶句した隼人正に対して、成傑はどこまでも手厳しかった。

女子に夢を見すぎている、と言われても、一言も言い返せぬほど、この当時の隼人正はまだまだ青臭い若造だった。

しかし、隼人正が事の真偽を確かめようとする前に、

「旗本水野家の息女・美里を殺害したる下手人は、このところ市中を騒がせていた盗賊一味《木菟《みみずく》の権三《ごんぞう》》という者の手下で、既にお縄となり、打ち首獄門が決まっている」

との報告が、町方からもたらされた。

「何故、盗賊一味の手下が、美里を？」

到底信じられなかった。名だたる盗賊一味の者が、何故美里を殺さねばならなかったのか。

「盗みに入ろうとしているところを、たまたま見咎《みとが》められたので」

と、下手人は述べたらしいが、甚《はなは》だ疑わしい話だった。

だが、異論を言い立てる余地はなかった。

最早打ち首獄門との極刑が決まった者に対して、今更新しいお調べはなされない。それを見越した上でのでっちあげであることは充分予想できたが、証明する手立てはなにもなかった。

なにも為せぬまま、下手人とされる男の刑は執行され、すべてが終わった。いや、無理にも幕が引かれたことは明白だった。

なにもかもが釈然とせぬままに、それからまもなく、隼人正には驚くべき命《めい》が下された。即ち、

「諸国を巡り、その情勢を逐一幕府に報告せよ」

という命が。

目付の職務は、御家人・旗本の監視である。故に、江戸市中から出る必要はない。だが、諸国を巡るというのは即ち、大名家を監視しろ、ということだ。

大名家の監視は、大目付の職域ではないか。

「そう堅く考えずともよい。そなたはまだ若い。見聞を広げることは必要だ。官費であちこち旅ができると思うがよい」

若年寄の暢気《のんき》な口調がいつまでも耳朶《じだ》に遺《のこ》り、隼人正は困惑するばかりであった。

だが。

結局隼人正はその命に従い、江戸を出た。江戸にとどまれば、いやでも美里のことを思わぬわけにはいかない。その死の真相を確かめ、犯人を捜し、仇《かたき》を報じねば気がすまなくなる。

「幕府の許しを得ての諸国遍歴とは羨ましい限りじゃ。山海の珍味と美姫《びき》を味わい放題ではないか」

本気か冗談か、そんな成傑の言葉にも、いまはまだその時期ではない、という言外の意がこめられていた。

隼人正は江戸を離れた。成傑とは、彼が京都や長崎の奉行職に就いた折、彼《か》の地で再会することとなる。

隼人正に諸国遍歴を命じた幕閣のお歴々は、当初彼に対してなんの成果も期待していたわけではなかったろう。ただ厄介払《やっかいばら》いができればそれでよかった筈である。

だが、隼人正はただ厄介払いされているだけの無力な存在ではなかった。

行く先々で気になる噂を耳にすれば徹底的に調べ上げた。大名家の内情も含めて、幕政に関わりのありそうなことは、代官と商人の癒着だろうが、博徒《ばくと》同士の揉め事だろうが、なんにでも首をつっ込んだ。

「おぬし、早死にしたいのか」

成傑からは、半ば揶揄《なかやゆ》半ば本気の言葉をかけられたが、隼人正は意にも介さなかった。

幕府は隼人正を必要とするようになり、江戸でその身辺に出没していた者たちが、やがて彼の手足となって働くようになった。

ときは流れ、二十年——そして三十年の歳月が流れた。

二

美涼に剣を教える際、竹刀を一切用いず、徹底した実戦主義をとったのは、多分に美里のことが影響していた。

(私がもっとしっかり教えていれば……)

下手人の真の目的が隼人正であったかどうかを抜きにしても、彼は美里の死を己のせいだと考えていた。

なまじ武芸の修練をした者は、ついつい実戦でそれを試してみたくなる。

だが、この太平の世の中で、実際に真剣を以ての勝負にのぞむ者などごく限られた少数の者だけだ。

その場合、竹刀で覚えた技は、本身《ほんみ》を手にした瞬間殆ど意味を為さなくなる。

先ず、絶対的な鋼《はがね》の重さに身体が対応できない。

隼人正が、稽古には常に木刀を用いたのは、撃たれる痛みを体に覚え込ませるのは勿論、少しでも重みのある得物によって技を習得させる、という意味もあった。

(美涼を、美里のように死なせてはならない)

美涼に剣を教えると決めたときから、それは隼人正の悲願ともなった。

そのためには、徹底的に鍛え上げ、己の持つ技のすべてを伝授しようと決めた。

倉田典膳と道場で立ち合った美涼が、泣きそうな顔で帰ってきたとき、なにがあったかは聞かずとも明らかだった。

先日隠居所を訪れた典膳をひと目見たときから、さすがは道場主らしく、なかなかの使い手であるということはわかっていた。おそらく美涼にもわかったであろう。遠からず立ち合いに行くであろうことも容易く想像がついた。

そしておそらく、

(美涼は負けるだろう)

ということも。

道場でなど、いくら負けてもよい、というのが隼人正の考えであった。道場でいくら負けようと、命を失うことはないのだ。

だが、道場剣術を知らない美涼には、それは途轍《とてつ》もない屈辱であったようだ。

「倉田典膳と同じ太刀筋で私に斬りつけてみなさい」

「で、でも……」

池の端で静かに木刀を構えた隼人正に対して刀を抜くことを、美涼は躊躇《ためら》った。

「なにを躊躇っている。まさかそなた、私を傷つけることを恐れているのではあるまいな」

木刀を右八相に構えた隼人正が冷たく笑う。

「言っておくが、そなたの剣では、私にかすり傷一つ負わせることはできぬぞ」

「…………」

美涼の表情がさすがに強張《こわば》る。

これは稽古《けいこ》である。かつて、何百回何千回と繰り返された隼人正との稽古である。稽古にのぞんで師の言葉に背《そむ》くことは許されない。

美涼は鯉口《こいぐち》をくつろげると、ゆっくりと大刀を引き抜いた。

一旦正眼に構えてから、間合いを詰める。

典膳の太刀筋なら、忘れもしない。そして、あの、縦横無尽な足技……。
だが、平らな道場の床と違い、砂利の上を滑るように進む足技は使えない。だから、いつものように、小さな歩幅で素早く進み寄った。進みつつ、胴へ一撃入れようとして――、
ガッ、
振り下ろす木刀の尖で、剣先を素早く撥ねられた。
（うっ）
瞬間、柄を握る両手にまでその衝撃が伝わるほどの激しい撥ね方だ。美涼は僅《しか》かに眉《まゆ》を顰めるが、さあらぬていで刀を返すと、今度は上段に振りかざし、真正面から面を狙う。
「遅い」
これは軽く、鼻先にかわされた。
が、懲《こ》りずに美涼はもう一歩踏み込み、更に面を狙おうとすると、
ゴォツッ、
と強《したた》か、その手元を打ち据えられた。
相変わらず、情け容赦のない打ち方だ。痛みに堪えかね、美涼は刀を取り落とした。

そのまま膝をつき、打たれた手の甲を押さえて蹲《うずくま》る。

「わかったか、美涼」

隼人正はもとより呼吸一つ乱してはいない。

「竹刀の技をそのまま真剣にて為そうとしても無駄だ。動きが大きくなり、次になにをするのか、すっかり相手に読まれてしまうだろう」

「でも、それは私の技が未熟だからでは？」

「たわけ。もしそなたと、普通に真剣同士で立ち合えば、私とて、無傷ではいられぬわ」

「え？」

「言ったであろう、そなたには私のすべてを伝えてある。弟子は何《い》れ《ず》師を超えるものだ」

「…………」

まさか、という顔つきで美涼は隼人正をふり仰ぐ。

「そなたはなんのために剣を学んだ？」

「それは……」

「師の仇を討つためであろう。つまり、人を斬るためだ。剣の目的は人を斬ることにある。それは畢竟《ひっきょう》、己が斬られぬための修練でもあるのだ。だが、道場の剣術は違う。あれは、修練のための修練だ。竹刀同士の立ち合いでは、どちらかが傷つくことも命を落とすこともなかろう。それ故、余裕が生じ、技にも無用の装飾を施《ほどこ》す。命のやりとりの場ではその装飾が命取りとなる。典膳とやらは、未だ人を斬ったことがないのではないか？」

「そうでしょうか」

首を傾げつつも、美涼の表情はいつしか明るさを取り戻している。

最前までの落ち込みの原因は、どうやら、道場で典膳に勝てなかったということだけではなかったようだ。久しぶりで隼人正に稽古をつけてもらい、自分にだけ向けられた師としての彼の言葉を聞くことが、美涼にはなによりも嬉しかった。打たれた手の痛みなど容易《たやす》く忘れてしまえるほどに、嬉しかった。

師と弟子の幸福なひとときを過ごしたことで、一時悪化の一途《いっと》を辿った隼人正と美涼の関係もすっかり元に戻ったかに思われた。

少なくとも美涼はそのつもりで、それから数日、機嫌よく過ごした。

但馬屋の孫娘・お美代《みよ》と芝居見物に行き、贅沢《ぜいたく》な桟敷《さじき》席を堪能させてもらった。

芝居は通常二本立てで、一本目は時代物、二本目は世話物という構成になっている。時代物の「菅原《すがわら》」は既に何度か見たことがあったが、世話物の「四谷怪談」のほうは、先年初演されたばかりの新作であった。盂蘭盆会《うらぼんえ》向きの怪談で、提灯《ちょうちん》抜けや仏《ぶつ》壇返《だんがえ》しなど、派手な仕掛けでも話題になっていたから、美涼も当然楽しみにしていた。

一本目と二本目のあいだの休憩時間、桟敷の客には、「幕の内」弁当というものが供される。大抵は評判の料理茶屋から取り寄せているので、大層美味である。芝居も楽しみだが、弁当もまた楽しみであった。

また、早い時間から酒肴も出ているので、終演まではそこそこ飲んでしまい、帰りは大抵駕籠《かご》になる。

途中、入れ替わり立ち替わり、役者たちが挨拶にやって来たのは、やはり但馬屋が、江戸でも有数の大店だからなのだろう。憧れの役者を目の前にして、お美代はすっかり舞い上がっていたが、実は美涼も同様であった。

(江戸では矢張り、武家より町人だ)

微酔《ほろよ》いの体を駕籠に揺られて帰る道々、美涼は思った。

余程の大身《たいしん》でもない限り、武家の暮らしは貧しく、芝居見物などは贅沢の極《きわ》みであった。たまに小屋に行けることがあっても、茶屋をとおして手配させる桟敷席などは夢のまた夢で、安い木戸銭を払って木戸から入る席が精一杯だ。もとより、安い席では弁当も酒肴も出ない。

その昔、大奥のお中臈《ちゅうろう》などで、密かに役者遊びをする者も少なくなかったようだが、度重なる改革で大奥にも厳しい緊縮財政が敷かれるようになると、豪勢な遊びもなかなか難しくなった。

だが、一日の芝居見物に使われる金子《きんす》など、公私ともに認める大店の主人にとっては贅沢とも言えぬほどのものなのだろう。

以前隼人正が、但馬屋の隠居・清兵衛のことを、

「食えない狸《たぬき》」

「因業《いんごう》な悪徳商人」

と評したことがあるが、近頃美涼も、確かにそうかもしれないと思えるようになってきた。

自らは隠居して、お美代の父親である息子に身代を譲っているが、商売上の重大な決断は清兵衛が行うなど、店の実権は未だ隠居が握っているのである。要するに、院政だ。隠居してしまえば、株仲間などの堅苦しいつきあいからは解放され、自由気ままな暮らしが楽しめる。その上で、店の実権はしっかり握っておく。なるほど、食え

ない狸親爺である。

(しかし、そんな狸が、師父に対して、まるで権力にすり寄るように、常に身近にあろうとするのは何故なのだろう)

美涼にはそれが不思議でならない。

隼人正は、大身の旗本で、かつて目付という要職にあったかもしれないが、いまは無役で一介の隠居の身だ。但馬屋の商売になにか役立つことがあろうとも思われない。但馬屋のような人間が、利用価値のないものに肩入れする理由があるとすれば、一体なんなのだろう。

(あるとすれば、それは矢張り、師父さまの人間的魅力、ということになるのだろうか)

微酔いで上機嫌の美涼がそんな結論に達して益々《ますます》好い気分になった次の瞬間、ガダッと大きく、体が傾《かし》いだ。

「な、なんだッ?」

つと我に返り、反射的に身構えた。

三

「なんだ、一体」

不意に、予期せぬ衝撃が美涼の体を襲った。駕籠が、なんらかの理由で急に止まり、いきなり、放り投げるような勢いで地上に投げ出されたからに相違なかった。

「す、すみません」

駕籠かきの詫《わ》びる声音は震えていた。

「何事だ」

異変の出来《しゅったい》を感じ取った美涼は、転がるように外へ飛び出す。すると、月明かりに照らされ、数本の白刃が闇に閃《ひらめ》くのが見えた。

「なにやつッ」

美涼は鋭く叫ぶ。

駕籠かきたちは二人とも、ともに腰を抜かして震えている。

美涼は月光の映えた白刃からすぐ目をそらし、地面に落ちた人影を数えた。影は全部で三つ。大柄な男たちのものだ。

「違う」

「但馬屋の孫娘ではないぞ」

「クソッ、駕籠を間違えたか」

男たちが口々に言い、舌打ちをした。

(お美代を狙ってきた奴らか)

すぐに察して身構える。

大店の孫娘であるお美代が不逞《ふてい》の輩に狙われるのは別段珍しいことではない。美涼が知る限りでも四〜五回はあった。大抵、拐《かどわ》かして身代金《みのしろきん》を要求しようと目論《もくろ》む連中だが、中には、但馬屋に深い恨みをもち、大事な孫娘の命を奪ってやろうというタチの悪いのがいる。そういう奴らは、自分の身などどうなってもいいという自暴自棄な精神状態で挑んでくるから、ちょっと厄介である。

「では前の駕籠だったか」

「まだ間に合う、追おう」

「おお、この機会を逃してなるものか」

白刃を下げた浪人風体の男たちは直ちに談合し、その談合は瞬時に纏《まと》まった。欲に目のくらんだ者たちの言動はわかり易くていい。

「おい」

白刃を下げたまま、美涼のほうなど見向きもせずに走り出そうとする男たちを、美涼は低く呼び止めた。

「忘れ物をしているぞ」

「え？」

三人三様に少しく驚き、振り向こうとする——或いは振り向いたところへ、美涼はスルスルと進み寄った。これは道場で見せた典膳の足技を参考にしたもので、道場の床ではないから滑るように、とまではいかないが、それに近い速度で対象に近寄ることができる。近寄ったときには、鞘ぐるみ腰から抜いた大刀を、逆手に構えている。

「なんだ？」

夜目の利かない男たちには、美涼の身ごなしが全く見えてはいなかった。月夜の晩に悪事を働こうなどという輩《やから》は所詮ど素人だ。

「ぐぅッ」

「がぁッ」

「ごぉッ」

阿呆面で身を乗り出してきた男たちの鳩尾《みぞおち》へ、ほぼ同じ瞬間、美涼はこじりを、鋭く突き入れていた。一人に突き入れた後、素早く手元で返し、二人目三人目にも、寸分違《たが》わぬ突きをくれる。

「うぅぉっ」

三人は、忽《たちま》ち戦闘不能となり、その場に蹲《うずくま》った。

美涼の手応えでは、三人とも、肋《あばら》のあたりに罅《ひび》が入っている筈だ。

「悪いな。但馬屋には日頃から世話になっているのだ」

重々しい口調で述べると、更に大刀を一旋二旋させ、美涼は蹲った男たちの後頭部を次々に殴った。男たちは完全に意識を失い、力無く眠りに墜ちる。

「おい」

刀を腰に戻しつつ、美涼は腰を抜かした駕籠かきたちのほうに向かったが、二人は未だ震えるばかりで腰をあげることもできない。

「大丈夫か?」

「へ、へい……」

頷くものの、美涼の言葉は、耳にも届いていないようだ。

「立てぬのか?」

一歩近づき、やや声を高めると、

「いえ、なんとも」

「た、立てますッ」

駕籠かきたちは漸《ようや》く我に返り、口々に言う。

「では、早く番太《ばんた》を呼びに行け」

と命じてから、まだ大した悪事も働いていないのに、いきなり番屋は可哀想かな、と美涼は思い、苦笑した。

(まあ、いい。こいつらは当分目を覚まさないだろうから)

それからふと思い返して、

「もう一つの駕籠とはどれくらい前に別れた？」

もう一度駕籠かきたちを顧みて問うた。

「ど、どれくらいもなにも、ついいましがたまで、あっしらの前を……」

と、年配のほうの駕籠かきが答えるのを聞くなり、美涼は彼の指さすほうへと走り出した。

(もしかしたら……)

いやな予感がした。

そして、こういうときの美涼の予感は、大抵当たるのだ。

（人形町《にんぎょう》の中村座《なかむらざ》を出てから四半刻……まだ両国《りょうごく》にいたってはいまい）

両国橋を渡り、本所に入ってしまえば、但馬屋の店も近い。大切な一人娘の帰りを案じて、そろそろ迎えの者が来るかもしれない。襲うなら、このあたりが最も都合がよい。

美涼が懸命に走って駕籠のあとを追うと、その行く手は、この時刻、全く人気《ひとけ》のない大川の土手である。湿った熱気とともに、一抹剣呑《けんのん》な風が吹き来る心地がした。

（おや、先客がいるのかな？）

と美涼が思ったのは、微《かす》かながら、白刃の撥ね合う音が耳朶《じだ》に響いてきたからである。

お美代の駕籠が襲われたのは間違いないが、白刃の音がするということは、誰か、賊と対立する者がそこに居合わせた、ということだ。

（だが、一体誰が？）

観劇に付き添ってきた女中のおかねは、先刻小屋を出る前、一足先に店に帰した。お美代の帰宅を家族に告げるためである。もっとも、仮におかねがその場にいたとしても、刃をふるって賊から主人を守ろうとするとは到底思えなかったが。

「きゃあ〜ッ」

近づくほどに、甲高い女の悲鳴によって、白刃の音はかき消されていった。お美代の声に他ならない。

既に駕籠かきたちは逃走してしまったのか、火のついたままの提灯が路上に投げ出されている。それを飛び越えざま鯉口を切ると、美涼は一気に刀を抜いた。あたりに漂う気配から、さきほどの間抜けな三人と違い、ここでは白刃を交えねばすまぬ、と察したからだ。

「邪魔するなッ」

怒声を発した男を含め、襲う賊の数はおよそ五名。そこに、たった一人で立ちはだかり、駕籠から引き摺りだされんとするお美代を庇《かば》った者がいる。

「どけっ」

と底低い声音で恫喝《どうかつ》されようと、その男はビクともしない。長身で肩幅も広く、立派な体格をした壮年の武士だ。

だが、男の姿を闇に見透かして一瞥した途端、美涼はまたもや、いやな予感に襲われた。

予感を裏付けるかのように、次の瞬間雲が晴れて月明かりの角度が変わり、見覚えのある総髪の大たぶさが美涼の目に飛び込んでくる。

「そのほうらこそ、無体《むたい》な真似はするでないッ」

（やっぱり……）

「うぬぬ、邪魔する奴はたたっ斬れッ」

また同じ男が怒号を発し、その両脇にいた二人がほぼ同時に大上段から斬りかかる。

美涼は躊躇《ためら》わず地を蹴ると、死角から襲いかからんとする男の前に身を躍らせた。

振り下ろされんとするその鋒を鋭く撥ね、撥ねざま返しの太刀でそいつの脇腹を強《したた》かに払う。

どぉふッ、
と鈍い打撃音がした。

勿論棟《むね》を用いて手加減もしたが、肋に罅くらいははいったろう。

「うう……」

撃たれた男は刀を落としてその場に蹲り、美涼は直ちに身を翻した。

別の敵に向かうためだが、仲間の一人が目の前であっさりやられてしまえば、残った者たちは慎重になる。

「何処《どこ》の何方《どなた》か存ぜぬが忝《かたじけ》ない」

敵の白刃をまともに己の刀で受け止めながら、背中から、倉田典膳が言った。目の前の敵を相手にするのが精一杯で、自分のすぐ背後にいるのが美涼だということに、未だ気づいていないようだった。

# 四

「やはり見事な腕前でござるな」

典膳が手放しで賞賛するのを、美涼は黙殺した。

賊はすべて撃退した。といっても、一人を峰打ちで昏倒させ、一人に軽い手傷を負わせると、残りの者は忽ち戦意を喪失してしまった。元々、小娘一人を拐《かどわ》かすだけの楽な仕事と思って来ているので、手強い反撃を受けることなど、全く予測していない。

それでも、傷ついた仲間を見捨てず担いで逃げたところは感心だった。一人くらい置いていってくれたら、あとでいろいろ問い詰めることもできたのだが。

お美代の駕籠を担いでいた駕籠かきたちが逃げてしまったので、店まで送るつもりで大川端を歩いていると、両国橋を渡っていくらも行かぬうちに、住み込みの若い手代と丁稚《でっち》二人が迎えに来た。

「一緒に行って、ことの次第を説明しようか？　このありさまで帰宅すれば、家族が心配しよう」

と美涼が言ったのは、駕籠かきが逃げてしまったことについてなのだが、

「長くなりそうだから、いいです。どんなありさまでも、こうして無事に帰っているんですもの、別にどうってことありませんよ」

意外や、お美代から断られた。

早朝から家を出て、一日がかりの芝居見物のあとだ。さすがに疲れているので、家に帰ったらすぐに休みたいのだろう。それにしても、恐い思いをしたというのに、過ぎ去ればすぐに忘れてケロッとしている。大店の一人娘は、こうしてどんどん逞《たくま》しくなっていくのかもしれない。

「吉っつぁん、おぶってちょうだい」

「へい」

さっさと手代の背に担われたあたりも、さすが何不自由なく育ったわがまま娘であった。

「では美涼さま、おやすみなさい。来月の『鳴神《なるかみ》』もご一緒しましょうね」

「ああ、おやすみ。今日は楽しかった。ありがとう」

店までもうあと三町ほどというところまで送り、美涼はそこでお美代に別れを告げ

た。その辻を、但馬屋のほうへ折れずに真っ直ぐ行ったほうが、美涼の帰宅には都合がよかったのだ。

「では、それがしは美涼殿をお送りいたします」

と言う笑顔の典膳に、

「結構です。私にかまわず、どうぞ市中の見回りをお続けください」

とすげなく言えるほど、美涼は彼に対して悪意を抱いてはいない。どうせ、ゆっくり歩いても四半刻とかからぬ距離である。典膳の好きにすればいい、と思いつつ、やや足早に美涼は歩いた。

「今日は芝居見物に行かれたのですか」

「ええ」

美涼は小さく頷いた。

庶民の社交場とはいうものの、ときに微行《おしのび》の大奥中臈《ちゅうろう》や、大名・旗本家の奥方も通う場所である。

時節柄、必要以上に着飾るわけにはいかないが、美涼もいつもの着古した長楽寺小紋ではなく、仕立て下ろしの藤色の絽《ろ》の小袖に、折り目も真新しい仙台織の袴《はかま》を着用していた。艶《あで》やかな平元結《ひらもとゆい》も、今朝方結い直したばかりである。どこから見ても、お出かけ用の特別な装いであることを、美涼は内心恥じている。

もしそのことを典膳から指摘されたならば、むきになって否定するか、それこそ、

「このようなところで油を売るのが、あなた様の仰《おつしや》る、二刀を手挟む者の務めなのですか？」

と憎まれ口をきいてしまったかもしれない。

白昼の出会いではなかったことが幸いしたか、典膳は、果たしてそのことに気づいているのかいないのか。あえて話題にはしなかった。

「芝居はお好きですか？」

「え？……ええ、好きですが」

あまりに普通すぎる典膳の問いに、美涼は閉口する。

「では、次はそれがしとご一緒いたしましょう」

「え？」

「それがしも、芝居は大好きでして……とりわけ、忠臣蔵は素晴らしい」

「どの段がお好きですか？」

間髪入れずに美涼は問い返す。

「そうですねぇ、やはり、四段目の判官《はんがん》切腹の場でしょうか。あれは、涙なくしては

見られませんな」

「私は、一力茶屋《いちりき》での由良之助《ゆらのすけ》ご乱行の場が好きです。英雄の垣間《かいま》見せる人間くささというものが、たまらなく愛《いと》おしゅうございます」

言葉を挟む余地のない矢継ぎ早な美涼の言葉は、典膳からの、「次はそれがしと」という誘いを有耶無耶《うやむや》にしてしまうためのものに他ならなかった。

「さ、左様でござるか」

美涼の勢いに、典膳は案の定戸惑《とまど》ったようだ。

美涼はできれば、典膳がそれきり言葉を無くし、なにも話しかけてこないことを望んでいた。もうこれ以上、己が望んで知り合ったわけでもない男に、己の心も暮らしも、かき乱されたくはなかった。

「同じ芝居でも、さまざまな見方があるものですなぁ。いや、面白い」

だから、しばしの沈黙のあと、典膳が、なお上機嫌な顔つきでいたことに、美涼は激しく動揺した。

「倉田さま」

なおしばしの時をおいてから、ふと改まった口調で美涼は言った。

「私のこと、但馬屋からはなんと聞いておられます？」

「え？　美涼殿のことを、とは……」

「縁談を申し込まれたのですから、相手のことをお尋ねになるのは当然でございましょう」

「それは、まあ……」

「旗本本多家の娘であるとお聞きになっておられましょうか？」

「ええ」

「でも、師父さま……本多隼人正さまと私のあいだには、血のつながりはございません」

「そ、そうなのですか」

「はい。私は元々、丸山遊女と唐船主《からふなぬし》とのあいだに産まれた妓楼《ぎろう》の子です。身よりもなく可哀想な私を憐れみ、師父さまが養女としてくださったのです」

「…………」

それまで困惑気味に美涼の話を聞いていた典膳は、さすがに絶句した。

「驚かれたでしょう」

と美涼が静かに微笑しても答えることのできない典膳のその反応こそ、美涼の待ち望んだものだった。

「ですから、歴とした武家の娘でない私が、武家の、それも天然一刀流ご当主ほどの由緒正しき家に、嫁入りできる道理はございません」

「いや、しかし、それは……」

「このお話、お断りさせていただきます」

歩みを止め、典膳の顔をしっかり見返しながら、きっぱりと美涼は言った。喉元に切っ尖を突き付けるも同然な語調であった。それでいて、典膳に向けた顔は、ほんのりと微笑《ほほえ》んでいる。提灯《ちょうちん》の仄暗《ほのくら》い明かりでしか見られないのが残念な、大輪の花のほころぶが如く見事な笑顔であった。

倉田典膳は、少年のように大きな瞳を一層瞠《みは》り、一心に美涼の笑顔を見つめていたが、

「美涼さまッ」

不意に大声で――、それも無遠慮に呼びかける男の声に、それまでためていた思いのすべてをぶち壊された。

「なにやってんですよ、美涼さま。お帰りが遅いのを心配した御前に言われて、こうしてお迎えに来てみりゃあ、こりゃあいってえ、なんの冗談ですよ」

「おのれ、慮外《りょがい》なッ」

己の思いをぶち壊された典膳の怒りは、突然その場に降って湧いた竜次郎の言いがかりなど、容易《たやす》く凌駕《りょうが》した。

「美涼殿」

「はい」

「この者は、貴女の従者でござるか」

「いえ、どちらかといえば、師父さまの従者ですが……」

「それはねえよ、美涼さま。おいらは、お二人の従者のつもりでいるんですぜ」

「黙れ、下郎ッ」

「なんだとぉ、このどさんピンがッ」

典膳の下郎呼ばわりに、竜次郎も容易くぶち切れた。

元々、親の財をあてにした放蕩三昧《ほうとうざんまい》の末、無実の罪であったとはいえ、遠島にまでなった札付きのワルである。隼人正や美涼に対してこそは恭《うやうや》しく接しているものの、無頼の地金が、そう簡単におさまるわけもない。

「やめよ、竜次郎」

美涼は一応窘《たしな》めたが、起居を共にしている隼人正や自分が言うなら兎《と》も角《かく》、ほぼ初対面の典膳に、自家の家人を下郎呼ばわりされるのは些か不愉快であった。

「倉田さまも、大人げないと思われませぬか」

だから、竜次郎に対するときより、典膳に向かうときのほうが、多少厳しい語調になった。それが典膳にも感じられたのだろう。

「下郎の分際で、主人の行動に難癖をつけるなど、言語道断の無礼ではござらぬか、美涼殿」

「当家の家人を、あなた様から下郎呼ばわりされるおぼえはございませんっ」

遂に堪《た》えきれず、美涼は叫んだ。

「この竜次郎の、あなた様に対する無礼はお詫びいたします。家人の不始末は即ち主人の不始末でありますます故。なれど、我が家人に対する侮辱は、私が許しませんッ」

言い捨てて、美涼はそのまま足早に歩き出した。隠居所は、もう目と鼻の先だった。

呆気にとられた典膳をその場に残し、竜次郎は慌てて美涼のあとを追う。

「美涼さま〜っ」

ひた隠そうと努めてもついこぼれ出てしまう喜ばしさを、いやというほど、置き去りの典膳に見せびらかしてから、竜次郎は走り出した。

「嘘であろう」

隠居所の門口をくぐる際、小声で短く、美涼が言った。

「師父さまが、お前に迎えに行くようお命じになったなどと、真っ赤な嘘であろう。師父さまがそんなことをお命じになるはずがない。お前は勝手に迎えに来たのだ。……いや、私を迎えに来たのかどうかも、あてにはならぬ」

竜次郎は答えず、ただ片頬を僅《わず》かに引きつらせて不敵に笑っていた。

## 五

ことの次第を報告すると、隼人正は存外興味深そうに耳を傾けていた。但馬屋の孫娘が拐かされそうになるなど、隼人正にとっては最早珍しくもなんともない些細な事件の筈なのに、

「それで、その者どもは、お前たちが芝居小屋を出たときからずっと尾行《つ》けておったのか？」

こと細かく、問い返してきた。

「それは……わかりませぬ」

美涼は正直に答えるしかなかった。

駕籠に乗り込んだとき、美涼は少々酔っていて、尾行者に気を配るほどの余裕はな

かった。

「飲み過ぎたのか」

と指摘されると、美涼には一言もない。

「芝居小屋で、桟敷席にあがれるような客は限られておる。お美代を見れば、大店の娘であることは容易く知れるだろう。芝居小屋を物色していた食い詰め浪人の集団が、たまたま目についたお前たちを狙ったのか、それとも、はじめから但馬屋の孫娘と承知で、入念に計画を練った上のことなのかで、この襲撃の意味は全く変わってくるのだぞ」

すべて隼人正の言うとおりだった。

お美代と同道する際には、常に彼女の身の安全を念頭に置いておかねばならない。なのに美涼は、芝居を楽しむあまり、お美代のことをすっかり頭の外に置いてしまった。美涼が充分に気をつけてさえいれば、或いは襲撃さえも未然に防げていたかもしれないのだ。

「申し訳ありませぬ」

美涼は即座に己の非を認めた。

「いや、なにもなかったのだから、それでよい。そなたは悪くはない。ただ……」

「ただ？」

「いや、なんでもない」

隼人正は首を振り、それきり口を噤《つぐ》んでしまった。

「狙われたのは、或いは美涼のほうなのではないか」

という疑問は胸深く呑み込んで、おくびにも出さなかった。

美涼の駕籠を襲った三人と、お美代の駕籠を襲った者たちが同じ一味であったという証拠は、いまのところなにもない。お美代の駕籠を襲ったほうの連中は逃げてしまったし、番屋に捕らわれた三人のほうも、どうせ真実など語らぬであろう。

(それに、たまたまその場に居合わせたという倉田典膳のことも気になるが……)

隼人正には気になることだらけだ。

長年の経験から、多少なりとも胸にひっかかることがあれば、それは徹底的に調べるべきであるということを、いやというほど彼は知っている。近頃それが億劫《おっくう》に思えることもあるが、やはり放っておいてはおけない。

美涼からは、ことある毎《ごと》に、

「師父は老いた」

という目で見られがちの隼人正だが、実際には、それほど老いても衰えてもいない。

役を退いてもなお、その炯眼《けいがん》にも探求心にも変わりはなかった。

「お相伴《しょうばん》させてください、御前」

お蓮は言い、隼人正の手から、空《から》になった猪口をそっと奪い取った。

開店前からフラリとやって来て、冷や酒を手酌で飲み出した隼人正を、お蓮はしばらく無言で見守っていた。だが、やがて手もなく二合徳利があいてしまうのを見ると、見かねて隣に座らざるを得なくなる。

「一体どうなさったんです？」

隼人正は応えない。

店に入ってきたときから、終始無言のままである。そういえば、酒を注文したわけでもない隼人正に、勝手に酒を供したのはお蓮のほうだった。

「浮かないお顔をなさってますね」

仕方なく、お蓮は隼人正から奪った猪口に手酌で注《つ》いでひと息に飲み干すと、

「美涼さま、例の縁談はきっぱりお断りになったのでしょう」

その顔色を注意深く窺《うかが》いながら言った。

「そのことだが」

注がれた酒を、無言で口許に運び、無言のまま飲み干すだけだった隼人正が、そのときはじめて口を開いた。

「少々頼み事をしてもよいか、お蓮」

「え？」

唐突な言葉に戸惑いはしたが、もとよりお蓮に否やはない。

「なんでしょう、改まって」

「倉田典膳という男のことを、調べてはもらえまいか」

「美涼さまの縁談のお相手ですね」

「年甲斐もない嫉妬ではないぞ」

勘繰られる前にと思って慌てて口走り、隼人正は自ら苦笑する。

「道場は、おそらく二～三十年ほど前に建てられたものだ。大勢の門弟を抱えて賑わっている様子はない。暮らしは、決して裕福とは思えぬが、さりとて困窮しているようにも見えぬ。なにより、あのような廃《すた》れ道場の主人でありながら、嫁をもらおうという魂胆がわからぬ」

「調べて、どうなさるおつもりです？」

「どうもせぬ。見たままの人間であれば、それでよい」

「もし、見たままのお人でなければ？」

「何故美涼に縁談を申し入れてきたか、その心底を見極めねばならぬ」

「でも……美涼さまはお断りになられたのですよね？」

「お蓮」

隼人正は口の端を僅かに弛めた。

「言ったであろう。嫉妬などではないのだ」

一応笑顔ではあるが、ひどく億劫そうな、疲れきったような笑顔であった。

「お前といい、竜次郎といい、なにか勘違いをしているようだが、私は美涼の養父《ちち》だ。美涼が望むのであれば、何処へなりと嫁げばよいと思っている」

(嘘ばっかり！)

咄嗟に出かかる言葉を、お蓮は辛うじて喉元で堪える。

先日この店で酒を過ごした挙げ句、あれほど倉田典膳の悪口を言い散らしたことを、果たして隼人正は忘れているのだろうか。

「いやなら、いい。他の小人目付に言いつける」

「い、いいえ、いやだなんて言ってませんよ。水くさいこと、おっしゃらないでくださいよ、御前」

お蓮は慌てて言い募った。

どこから見ても完璧な武士、完璧な男と思える隼人正の、それが唯一といっていい可愛げというものだろう。追い詰めれば忽ちむきになって否定するだけだから、それ以上はつっこまぬのがよい。

「ところで御前、《木菟》一味のことはお聞きになりましたか？」

お蓮はさり気なく話題を変えた。

他意はなかった。ただ、隼人正の意識を他に向けさせようと目論《もくろ》んだだけのことだ。

だが、

「《木菟》一味？」

不審顔に問い返した隼人正の心中までは、お蓮にははかり知れない。

「ええ、近頃江戸を騒がせている盗賊、《木菟の権三》とやらいう頭《かしら》の一味だと、町方もつきとめたそうですよ」

「馬鹿な。《木菟の権三》一味は、三十年も前にお縄となり、頭の権三もその手下総勢二十有余名も、すべて打ち首獄門となった。それが、なんで今更……」

「何処かに生き残りがいたんじゃないでしょうか」

「…………」

確かにお蓮の言うとおり、一味の規模が大きければ大きいほど、残党が存在する可能性は否定できない。かつてその世界で知られた頭の名を名乗れば、多少は幅をきかせることもできるだろう。そのため、世に知られた盗賊の名を騙《かた》る輩も少なくなかった。

だが、隼人正にとって《木菟の権三》というその名前は、隼人正の若い頃に江戸を騒がせた盗賊一味という以上の大きな意味をもっている。

（いま頃になって迷い出るとは……）

金輪際思い出したくもないその名ではあったが、一度耳にした以上、素知らぬ顔はできない。隼人正の心に、重苦しい澱《おり》のような想いが広がっていった。

# 第四章　闇にひそむもの

## 一

闇の底に、野獣の気配が潜んでいる。

戸板に遮《さえぎ》られて聞こえる筈のないその息遣いが、まるですぐそばにあるかの如く聞こえてくる。もうすっかり、耳朶《じだ》の奥まで染み付いているのだ。

ひとたび解き放たれれば、誰にも制止することのできない凶悪な力の集まり……それが、彼らだ。

(開けたくねぇ。でも、開けねぇと……)

心張り棒に手をかける際、いつも決まって心に萌《きざ》す躊躇《ためら》いが、弥助《やすけ》の行動をしばし鈍らせる。心張り棒を外して戸を開けたが最後、なにが起こるのか、いやというほど知り尽くしている。

(開けねぇと……どうなるのかなぁ)

躊躇いながらも、弥助は結局決められたことをする。

心張り棒を外してそろそろと戸を開けた瞬間、

「遅いぞ」

胴震いのするようなお頭《かしら》の怒声が、獣の如き肉体とともに飛び込んできた。

「も、申し訳ありやせん」

律儀に頭を下げる弥助を乱暴に押し退け、黒装束のお頭は家の中に押し入ってくる。そのあとに、寸分違わぬ装束の者たちが間髪入れずに続いて入った。その数、およそ二十名。

「金は、主人の部屋か？」

「へ、へい」

弥助の返事など待たず、お頭はずかずかと家に上がり込み、案内する暇《いとま》もなく、自ら奥へと進んで行く。慌《あわ》てる弥助を更に押し退けて、荒々しい足どりがそのあとに続いた。

(いってえ、なんのための引き込み役なんだよ)

弥助が泣きたくなるのは決まってこの瞬間だ。

折角、手間暇かけてお店《たな》に入り込み、主人の信頼を得て、売上金の在処《ありか》から金目の品の収納場所まで、すべて詳細に調べあげているというのに、ひとたび押し込むと、お頭はそれらのことを一切顧慮《こりょ》してくれない。弥助の案内など無用とばかりに自らの意思でずかずかと押し入り、家人に見咎《とが》められれば、容赦なくこれを殺す。手当たり次第目についた部屋へ入り込んで家捜しするので、結局最後には家人を皆殺しにする羽目になる。

そもそも、それをしないための——極力犠牲者を出さず、お宝だけをいただくための引き込み役なのに。

それなのにお頭は、折角の引き込み役を、ただ戸を開けさせる役目くらいにしか見ていないのだ。

(話が違うぜ)

弥助は言いたい。

少なくとも、前のお頭はこうではなかった。

弥助は、《風見鶏《かざみどり》》と異名をとる引き込みの達人で、前のお頭の下では副首領格の待遇を受けていた。前のお頭は無益な殺生を嫌い、引き込み役の存在を重視する人だったから、弥助もそれは働き甲斐があった。そのお頭が死んで一味はバラバラとなり、弥助も身の振り方を考えているときに、いまのお頭である《木菟の権三》から声をかけられた。

正直弥助は少し迷った。残虐非道な押し込みが多く、あまり評判のよからぬお頭だった。

「いい引き込み役さえいりゃあ、俺だって無駄な殺生はしねえよ」

権三は凄みのある顔を不気味に笑ませて弥助を口説いた。

「どうだい？　前のお頭のときと同じ待遇にしてやるぜ」

迷いはしたが、断れる道理もなかった。断れば即ち、口封じのために殺されてしまうだろう。

「ぎゃあーッ」

「ひぃ〜」

「お助けくださいませ、どうかぁ……げへぇ」

まもなく、耳を覆いたくなる悲鳴と絶叫の嵐があたりを席巻《せっけん》する。弥助は思わず身を竦《すく》め、目を閉じる。

「助けてぇ〜ッ」

「お助けください」

逃げまどい、赦《ゆる》しを請いながら惨殺される人々は皆、弥助の顔見知り――つい先刻まではともに同じ店で働く仲間だった者たちなのだ。ひと月ほども起居をともにするあいだには、親しくなった者もいる。そういう者たちが無残に殺されるのを目《ま》のあたりにしなければならない。引き込み役はつらい仕事だ。

だが、このとき最も恐ろしかったのは、満面に笑みすら浮かべて店の者たちを殺し続けるお頭・権三の顔だった。

権三の手にした短刀は、まるでそれ自体に確固たる意志があるかの如き的確さで、逃げようとする男の首筋を裂き、頭《こうべ》を垂れて赦《ゆる》しを請う女の胸元を突く。激しく撥ねる返り血で、障子も壁も、忽《たちま》ち真っ赤に染まってゆく。

まさしく、阿鼻叫喚《あびきょうかん》の地獄絵図だ。これから先、果たして何度、こんな場面に立ち合わなければならないのか。

(もう真っ平だ)

弥助の胸に萌していた思いが、この夜とうとう決意に変わった。

次の押し込み先が決まり、例によって引き込み役の弥助がその店に奉公し、半月ほどが経った。一人の犠牲者も出さずに金品だけいただく前のお頭なら、最低でも三月、万全を期するなら半年から一年の準備期間をかけて充分な調べを行う。そうして、目を瞑《つぶ》っても店の中を案内できるくらいになってから、はじめて決行の日取りが決まる。だが、店の者を皆殺しにして目撃者を残さない権三のやり方であれば、それほど慎重を期する必要はない。弥助が店に奉公にあがってから、大抵半月からひと月のあいだに、押し込みが決行される。

その決行の前日、弥助は、死罪を覚悟で火付盗賊改《ひつけとうぞくあらため》方長官《かた》の役宅へ駆け込んだ。

――おそれながら、

と、自らの素性からこれまでの経緯《いきさつ》、翌日に迫った押し込みのことまですべてを語った。

かくて、《木菟の権三》一味は一網打尽となる。

「自ら罪を悔いて名乗り出たるは神妙である。神妙なる行いに免じて一命を助ける代わり、これよりは、世のため人のために働くがよい」

火付盗賊改の長官は、厳《おごそ》かに命じた。弥助に否やはなかった。いや、否やを申し立てられる立場でもなかった。

弥助は、それ以後火付盗賊改の密偵として働くこととなった。お頭とその一味のことを密告しようと決めたときから、既に命はないものと覚悟していた弥助である。火付盗賊改の密偵であることが昔の盗っ人仲間に露見すれば忽ち命を狙われることになるが、もとより恐れはしなかった。

あの地獄をもう一度目《ま》のあたりにするより恐ろしいことなど、最早この世にはなにもないのだと弥助は思った。


「お前が弥助か？」

屋台をおろして、店開きの準備をはじめたところへ、ふと声をかけられた。

獄門首を免れ、火付盗賊改の密偵として働くようになって以来、弥助は屋台の夜鷹《よたか》蕎麦《そばや》屋を生業《なりわい》としていた。夜となく昼となく、あちこち動き回るのに、これほど適した商売はなかった。

「《風見鶏の弥助》か？」

無意識に弥助の手が止まる。

その二つ名を知っているということは、即ちかつての同業者であるということに他ならなかった。緊張をひた隠しつつ、目線だけあげて相手を見る。灯ともし頃の暗がりの中に、白い面が滲《にじ》んで見えた。

（女？）

咄嗟《とっさ》に思ってしまったのも無理はない。

「お前に、聞きたいことがある」

終始もの静かな声音の持ち主は、男が見てもハッとするほど美しい、若い武士だった。

「な、なんでしょう」

その深い湖水のような瞳にじっと見据えられ、無意識に声が上ずってしまう。

「お前は以前、《木菟の権三》一味の引き込み役をしていたな」

弥助は答えなかった。答える義理はなかった。己の罪を悔いて密告し、赦されて密偵を務めているのだ。余人にとやかく言われる覚えはない。

「何故裏切った？」

弥助は一瞬息を止め、大きく目を瞠ってその若い武士を見た。

年齢は、せいぜい二十歳そこそこ。身分の高さを物語る高級そうな黒縮緬の小袖を纏《まと》っておらずとも、隠しようのない気品が、彼の身を、薄衣《うすぎぬ》のように被《おお》っている。そのような人物が何故自分を尋ねて来たのか、弥助ははじめて、そのことの奇異に思い至った。

「あ、あなた様は？」

だが相手はそれには答えず、

「いまは火盗の密偵をしているそうだな」

自分の言いたい言葉だけを口にする。

「捕らえられれば即ち死罪の盗っ人一味の者として名乗り出るには、さぞや勇気が要ったであろう」

「い、いえ」

弥助は慌てて首を振る。

あのときはただもう、無我夢中だった。あの恐ろしいお頭から逃れるためなら、自ら獄門台にあがってもかまわない、と思ったことは間違いない。だが、果してそれは、勇気と呼べるような心根から発せられたものなのか。

弥助は自分でも甚《はなは》だ不思議でならなかった。

「勇気なんて、そんなもんじゃあ、ありやせんよ」

「だが、お前が死を恐れず自ら名乗り出、権三の所行を火盗に訴えたのは事実だ。その理由を、私は知りたい」

「死を怖れずと言うより、とにかく《木菟》のお頭が恐ろしくて……あのお頭から逃れるため、というのが理由といえば、理由でしょうかね」

「なるほど」

若い武士は納得顔に頷いた。

「それほど恐ろしい男だったか、権三は」

「ええ、そりゃあ、もう」

その顔に促されるように、弥助も頷く。

「あんな恐ろしいお人、そうはいやしません。まるで、人を殺《あや》めるのが楽しくて楽しくて仕方ないように見えました」

「人殺しが楽しいとは、外道《げどう》だな」

吐き捨てるようにその武士は言い、それきり暗い顔つきで押し黙った。弥助を見据えているようで、だがその実澄んだ瞳は何者も映していないようでもある。

押し黙った武士を前に、弥助は途方に暮れていたが、ふと、思いつき、

「蕎麦、召しあがりますかい？　折角ですから」

立派な武士は立ち食い蕎麦など食べぬものと承知の上で訊ねてみた。

「そうだな」

だが武士は、意外や弥助の手許を見つめて言う。

「この商売をはじめて、どれくらいになる？」

「へえ、ぼちぼちひと月ほどになりやすが」

「蕎麦はお前が打っているのか？」

「ええ、まあ」

「修業はしたのか？」

「修業ってほどじゃねぇですが、神田の蕎麦屋に三日ほど弟子入りしやした」

「なに、三日……」

武士は端正な眉間を少しく顰《ひそ》める。

「では、遠慮しておこう。私は、蕎麦には少々五月蠅《うるさ》い」

弥助が呆気にとられたほどはっきりと言い、武士は踵《きびす》を返してしまった。

結局、最後まで名乗りもせずに去ってしまったこの美貌の武士と、弥助はその後金輪際顔を合わせることはなかった。

(夢でも見ていたのかな)

あとになって思い出すたび、弥助は心許ない気持ちになった。武士の美貌がちょっと現実離れしていたこともあり、果たして自分は幻を見たのではないか、と思うようになり、やがてそんなことも記憶にとどめぬほどの歳月が流れた。

## 二

「弥助」

名を呼ばれて目を覚ますと、夢の中で見たのと同じ顔が目の前にある。

（なんでえ、まだ夢の続きかよ）

弥助は思い、再び目を閉じようとする。

「弥助」

同じ声音でまた名を呼ばれる。

「おとっつぁん」

娘のお民《たみ》が自分を呼ぶ声もする。濁《にご》りかける意識を懸命に戻し、弥助は漸《ようや》く目覚めることができた。

「すみません。近頃は年のせいか、一日中、こうやって寝たり起きたりなんですよ。……起きてるときでも、寝惚《ねぼ》けてるみたいで……」

「暈《ぼ》けているのか？」

お民と夢の中で見た黒縮緬の着流しの武士とが並んで座っている。武士は、相変わらず口が悪い。

「暈けちゃいねえよッ」

思わず叫んで、弥助は布団の上に身を起こした。

「久しいのう、弥助」

黒縮緬《ちりめん》の武士は弥助のそのさまを見て目を細める。

「私を覚えているか？」

「覚えてるもなにも……」

弥助は焦った。

「たったいま、おいらの蕎麦を食いに……」

「そういえばお前、夜鷹蕎麦屋を生業にしていたな。三十年も作り続ければ、さすがに上達したであろう。馳走になってもよいぞ」

「三十年……」

弥助は忽ち我に返る。

そうだ。確かに自分は昔の夢を見ていたのだった。娘のお民も目の前にいるというのに、狼狽《うろた》えるにもほどがある。だが、

「お武家さま、ちっとも変わってらっしゃらねぇ。あんときのまんまだ」

端座する武士をまじまじと見て、弥助は目を瞠《みは》った。

夢の中で見たのと寸分違わぬ美貌の武士がそこにいる。三十年の歳月も、彼にだけは無関係に通り過ぎたのか。

「三十年も経って、変わらぬ道理があるか。しっかり老《ふ》けておるわ」

「いや、全然変わってませんや。旦那、化け物だ」

「お前はまた、随分と老けたな」

と苦笑してから、

「それより、あの折は、名乗りもせずに申し訳のないことをした。私は、本多隼人正と申す」

黒縮緬の武士は、大真面目な顔で名乗った。

「本多…さま？　お旗本の？」

「いまは隠居の身だ」

「その本多さまが、あっしのようなボケ爺《じじい》になんのご用で？」

弥助は咄嗟《とっさ》に憎まれ口をきいた。

他ならぬその武士のことを夢にまで見たりしたことが、我ながら気恥ずかしかったのだ。

「暈けてはおらぬのだろう？」

「………」

だが、隼人正は情容赦なく問い返し、弥助は絶句するしかなかった。

（こういうところも、ちっとも変わってねえや）

一度しか会っていないというのに、まるで十年来の知己《ちき》のように錯覚するほど、弥助は隼人正を身近に感じた。不思議な感覚だった。たった一度出会っただけの筈なのに、この美貌の武士は、なんと強烈な印象を残してくれるのか。

「《木菟の権三》を名乗る盗賊が、近頃ご府内を騒がしておるということを、お前は存じておるか？」

「ええ」

弥助は苦しげに頷《うなず》いた。

老齢を理由に密偵の役を退いたのは、ほんの数年前のことだ。もとより、暈けてなどいない、という自負がある。役を退いたのは、体力的な問題だけで、頭はしっかりしているのだ。

《木菟》一味の噂は、いやでも耳に飛び込んできた。

（まさか）

弥助にとっては、まさに悪夢の名前であった。

お頭権三のことは、いまでも屢々《しばしば》夢に見る。昔のことをよく夢に見るようになったのは年のせいかもしれない。だが、そのたび、あの当時のことがまるで昨日の出来事みたいにまざまざと胸に甦《よみがえ》って弥助を苦しめるのは、三十年経ったいまも、あの頃の恐怖と罪悪感が、未だに彼を支配している証拠であった。

密偵などという危険な任務を負った以上、どうせ長生きはできまいと思った。

己の前科を思えば、人並みな幸せなどは望むべくもないことと諦めていた。

ところが、密偵を務めるようになって十数年が過ぎた頃、思いがけず、女に惚れた。とある盗賊一味の引き込み役の女で、お役目のために近づくうち、理無《わりな》い仲となった。

一味を捕縛後、赦されて夫婦となった。

数年後娘のお民が生まれ、救いのなかった弥助の人生も、漸く喜びにつつまれたが、その頃から、かつて自分が獄門台へ送った権三の夢を見るようになった。

罪悪感とは、幸福の中にこそ生まれるものだということを、このとき弥助ははじめて知った。そして改めて、この先も密偵としての仕事を全うすることを心に誓った。

権三の一味が手にかけた者たちの中には、まだ年端もゆかぬ子や幼い丁稚もいた。また、若い娘らは悉《ことごと》く手込めにされ、さんざんに嬲《なぶ》られた揚げ句、無残に殺された。

金輪際、あのような非道をゆるしてはならない。大切な自分の女房や娘に害を為すかもしれない非道な盗賊は、ことごとく獄門台に送らねばならない。

(もしお民があんな目に遭わされたら……)

想像するだけで、全身が総毛立った。

密偵の仕事からは退いても、一度芽生えた使命感は容易には消えて無くならない。凶悪な盗賊一味の噂を耳にするたび、体が怒りにうち震え、心が痛んだ。だが、

「なにか心当たりはないか?」

と隼人正に問われて、弥助はただ首を振るしかなかった。

そもそも《木菟の権三》一味は、その残虐極《きわ》まりない手口で一時世間を騒がせたものの、弥助の密告によって、まもなく一網打尽となった。

権三は、己一代で盗賊団を築いた初代お頭で、それ以前にも名の知られた一味に属していた形跡はない。だから、《木菟》の名は、盗人仲間のあいだでも、さほど知られてはいないのだ。

そんな《木菟》の名を、埃《ほこり》を払って墓の下から引っ張り出す必要がどこにあるのか。弥助にもさっぱりわからなかった。

「どんな些細なことでもよい。……一味の生き残りがおったのではないのか」

「いえ、そんなはずはございやせん」

「確かか」

「はい……でも、そういえば」

隼人正に詰め寄られ、弥助はしばし首を傾げる。

《木菟》のお頭には、確か、女がいました」

「女ぐらい、誰にだっているだろう」

「いえね、それが、そんじょそこらの女とはわけが違うんですよ」

「どう違う？」

「やんごとなきお方って言うんですかね。おひいさま、って呼ばれていやしたよ」

「何処の姫君が、盗賊の頭の女になると言うのだ。冗談もやすみやすみ言え」

「それはそうでしょうけど……」

「大方、《姫君》とかいう二つ名を持つ女賊であろう」

「そ、そうでしょうかね」

決めつけられて、弥助はさすがに圧倒される。

「まあ、いい。で、その女がどうした？」

「ですから、《木菟》のお頭に縁《ゆかり》の者で心当たりっていやあ、その女くらいのもんでして……」

「そうか」

隼人正は軽く頷いた。

それきり、言葉を発しなくなったのは、そのことに対して興味を失った証拠である。自分のせいではないと思うのに、何故か弥助は少しく焦った。隼人正が欲するものなら、なんでも望むまま与えたい、と欲せずにはいられない。相対していると、ただそれだけで、そんな思いを抱かせる。不思議な男だと弥助は思った。そして、そんな相手だからこそ、たった一度の邂逅《かいこう》であったにもかかわらず、三十年のときを経たいまも、忘れずにいたのだろう。

三

浅草傳法院裏《あさくさでんぽういんうら》の弥助の長屋を出て、裏店《うらだな》沿いの路地を少し行くと、表通りから入ってくる女とバッタリ出会《でくわ》す。

「お蓮」

「御前じゃありませんか」

白地紫のかわり縞《しま》の衣紋《えもん》を大きく抜き、小粋な三つ輪髷《まげ》に紅い珊瑚玉《さんごだま》の簪《かんざし》という、ちょっと見、常磐津《ときわず》の師匠風の出で立ちである。何処かに届け物でもする途中なのか、両手に大きな風呂敷包みを抱《かか》えている。

「こんなところに、一体なんのご用です？」

「古い知人に会いに来たのだ」

隼人正は顔色を変えずに言う。

お蓮がどこまで自分の過去を調べているかわからぬ以上、自ら相手に情報を与えるつもりはさらさらない。だが、

「その知人て、弥助さんのことですか？」

お蓮からズバリと問われ、しばし答えを呑み込んだ。

「弥助を、知っているのか？」

「そりゃあ、まあ、同業みたいなもんですからね」

というお蓮の言葉は、隼人正の耳許に低く囁《ささや》かれた。どこから見ても、間違いなくわけありの男女といった風情の似合いの二人だ。お蓮の所作に不自然なところは少しもない。

「でも、御前はどうして弥助さんをご存じなんです？」

「昔、ちょっとした縁があったのだ」

「そうですか」

隼人正が応えると、お蓮はそれ以上「どんなご縁ですか」などと執拗に問うことはせず、

「で、どうでした、弥助さんの具合は？」

とさり気なく話題を変えた。

「具合とは？」

隼人正は当然怪訝そうな顔をする。

「弥助さんのお見舞いにいらしたんじゃないんですか？　弥助さん、このところ随分具合を悪くしてらしたみたいなんですが」

「ああ、昨年倒れたそうだな」

いつまでも止まって立ち話をするのもいやなので、ゆっくりと歩き出しながら隼人正は言った。

「意外にしっかりしていたぞ。あの分なら、まだまだ長生きするだろう」

「そうですか。そりゃようございました。先年おかみさんが亡くなったときは、そり

ゃもう、ひどくがっくりなさって、後追いでもするんじゃないかってくらいだったんですよ」

てっきり、お蓮はそこで隼人正と別れ、弥助の長屋を見舞うものと思ったら、意外や隼人正について歩き出す。

「見舞わないのか？」

「え？」

「弥助の見舞いに来たのではないのか」

「ああ、別にいいんですよ。元気だってわかったら、また日を改めて行きますから。……だって、御前が訪ねたあとで、すぐあたしが行ったら、隣近所だって変に思うでしょう」

「なるほど、そういうものか」

隼人正は少しく感心した。

既に役は退き、隠居しているとはいえ、弥助は盗賊あがりの密偵である。昔の馴染みに知られれば、忽ち命の危険に見舞われる。とりわけ同業者であれば、裏切って役人の手先になった者など、絶対に許せないであろう。常に命の危険と隣合わせた密偵にとって最も肝要なのは、極めて自然に日常にとけ込み、決して目立たぬことである。

平凡な夜鷹蕎麦屋の親爺であるはずの男のところへ、一日のうちに二度も——それも、ちょっと平凡とはほど遠い人間が訪ねてくれば、当然人の噂になるだろう。

だから、隼人正が訪れたすぐあとに弥助を訪れることはしない、という、お蓮の徹底した隠密魂に、隼人正は感心した。世の中の秩序とか正義というものは、結局こうした、ささやかで、尚かつ繊細な配慮によってこそ保たれるものなのかもしれない。

「ところで御前、今日はお一人なんですね」

気まずくなる直前で巧みに話題を変えてくるのは、やはりこの女の凄さであった。

「竜さんはどうしたんです？」

「竜次郎には、美涼についているように言いつけた。本人もそれを望んでいる故」

「そうですか」

お蓮は思わず口許を弛《ゆる》める。竜次郎が、嬉々として美涼のあとについて歩いている姿が思い浮かんだのだ。

「で、倉田典膳のことは、なにかわかったか？」

廣小路を抜け、大川橋のたもとまで来たところで、隼人正はふと足を止める。橋のたもとにしばし佇んでの立ち話は、隼人正にとって赦される範囲内の不作法なのだろう。

「それが、御前」

　お蓮は明らかに声をひそめた。

「妙なんですよ」

「なにがだ？」

「倉田典膳なんてお人、どこにもいやしないんです」

「なに？」

「あの道場は、確かに、御家人の倉田様の持ち物なんです。でも、そもそも倉田家には、息子なんていないんですよ」

「どういうことだ？」

「考えられるのは、たとえば後継ぎに恵まれなかった倉田家のご夫婦が、家名の途絶えるのを恐れて、密かに養子をとったということです」

「秘密裏にか」

「はい」

「どういうわけだ？」

　隼人正は考え込んだが、たったそれだけの情報から、なにかを理解しようというのは無理だ。なにもわからぬままに再び歩を進めだして、お蓮の肩にふと手をおく。

傍目《はため》には、男女が巫山戯《ふざけ》ているような風情をつくりながら、

「次の辻で、私は右の路地へ入る。お前はこのまま土手沿いに歩いて帰れ」

お蓮の耳許にそっと囁いた。

「御前？」

「お馴染みの客が来たようだ。もてなしてやらねばなるまい」

言うなりお蓮の傍を離れざま、

「はははは……またあとでな」

周囲に聞こえるような声で言い、隼人正は、自ら人気《ひとけ》のない路地へと向かった。敵を油断させるためでもあるが、その足どりは、或いは舞うように軽く、或いは酒に酔っているかの如く心許ない。それ故多量の殺気を放つ尾行者たちは、何一つ疑うことなく、それに随《したが》ってゆく。

隼人正に言われたとおり、一旦は大川端を真っ直ぐ行ったが、お蓮はふと足を止め、踵を返して路地のほうへ戻った。

(こんな機会、滅多にあるもんじゃない)

隼人正のもてなしぶりを見てみたいと思ったのは、そもそも、好奇心の塊であるお蓮にしてみれば仕方のないことだった。

# 四

先日芝居見物の帰りに番屋へ突き出した浪人どもがどうなったか、竜次郎とともに確かめに行くと、既に小伝馬町の牢屋敷に送られたあとであった。

「全員小伝馬町送りか？」

美涼が驚いて問い返すと、

「ええ、同じ一味ですからね」

浪人たちの下調べを行ったらしい中年の小者が、なんで当たり前のことを聞くのかと言いたげな顔で応えた。

「だが、未遂ではないか」

美涼はつい口走ってしまう。

「未遂だろうが、拐《かどわ》かしは拐かしです。拐かした娘をどうするつもりだったか、あの日あの時刻に但馬屋の娘があのあたりを通ることをどうやって調べたのか、いま頃、きついお取り調べの最中でさあ」

「そうか」

美涼の駕籠とお美代の駕籠を間違えた三人については、実際にはなにもしていないのだし、お解き放ちでもいいように美涼には思えたが、それはさすがに口には出さなかった。拐かしの下手人を庇うような発言は、いくら下手人を捕らえた張本人の美涼でも許されるものではない。

「拐かしというのは、どれくらいの罪に問われるのだろう?」

番屋を出たところで竜次郎に問うと、

「そうですねぇ、江戸払いですめばいいほうじゃねぇですかい」

「そんなに重いのか?」

美涼は目を瞠《みは》った。

「美涼さまは、連中が拐かし娘をどうするか、ご存じねえんですかい?」

「はて、どうするとは? 身代金を受け取ったら、親許《おやもと》へなりと返すのではないのか」

「まさか」

竜次郎が鼻先で嗤《わら》う。

「そんなお人好しの拐かし犯は、滅多にいませんや。なにしろ、下手人《げしゅにん》の顔を見ちまってるんですぜ。最悪の場合、殺されますよ」

「なんだと？」

「まあ、大抵は身代金受け取る前に、売りとばしちまいますがね。……それまでは、下手人どもが代わる代わる慰みものにするでしょうねぇ」

「もう、よいッ」

まるで、いま傍《かたわ》らにいる竜次郎こそが卑劣な拐かし犯だと言わんばかりに美涼は憤り、

「死罪だ、いや、死罪でもまだ甘い。打ち首獄門だッ」

すれ違う者たちが驚いて振り向くくらいの大声を出した。

「はいはい、死罪でござんすよ」

閉口しながらも、竜次郎には、久しぶりで美涼のそばにいられることが嬉しくてならない。

「そういえば、今日は師父さまもお出かけのようだったが、お前、何故お供をしなかった？」

「それは御前が……」

竜次郎がしばし口ごもったのは、果たしてそっくり美涼の耳に入れてよいものか、迷ったためだ。だが、言いかけて口ごもるなど、美涼が許すわけもない。それに第一、

美涼に知られてまずいことなら、隼人正が口止めする筈だ。

「御前は、古い馴染みに会いに行かれたんですよ」

「古い馴染み？　何処の誰だ？」

「聞いたって、おいらには何処の誰だかわかりませんや。なんでも、体の弱ったお年寄りだから、あまり驚かせたくない、とおっしゃってました」

「なるほど、それでお前を伴わなかったわけか」

「なんで納得するんですよ！」

竜次郎はたまりかねて抗議する。

隼人正から、「お前の悪人面を見たら、老人の寿命が縮む」よがしのことを言われたのも心外だったが、美涼にまで納得されたのではかなわない。

「しかし、体の弱ったよぼよぼの老人とは一体何処の誰であろう？　牧野さまなら、竜次郎如きを恐れるわけもなし……」

竜次郎の抗議など歯牙《しが》にもかけずに独《ひと》りごちつつ、美涼は考え込んだ。

例の芝居見物の翌日あたりから、どうも隼人正の様子がおかしい。

いや、具体的にどこがどう、とは言えないのだが、なんとなく、美涼に対する言葉つきが白々しいというか、明らかになにかを隠しているというか……。

十年間、隼人正の最も身近なところにいて、隼人正だけを見つめてきた美涼である。どんな些細な変化でも、彼の身に異変があれば瞬時に見抜ける自信があった。

(どうして私に、なにも言ってくださらないのだろう)

一番身近にいる、と自負していながら、隼人正の心の奥にあるものは全く見えない。美涼が決まって苛立ちを感じるのはこんなときなのだ。どんなに思っても、どんなに見つめても、隼人正の心にはきっちりと帳《とばり》が敷かれ、あるところから先へは決して立ち入らせてくれない。

(知りたい……師父の昔のことが)

渇いた喉に冷たい水を欲するような気持ちで、美涼は思っている。時折遠くを見ている隼人正の視線の先にあるものを、知りたくて仕方がないのに、そう思っているということすら、相手に知られてはならないのだ。耐え難い思いが鬱積《うっせき》していた。

「美涼殿」

不意に背後から呼びかけられて、そのとき美涼は反射的に身を固くした。

相手が誰なのか、すぐにわかった。

だが我知らず緊張したのは、その男の声を、もう金輪際《こんりんざい》聞くことはないと思っていたからに他ならない。

声だ。


「お待ちください、美涼殿」

聞こえないふりをしてそれとなく足を速めるという業《わざ》が使えぬよう、相手は声を高くする。見ず知らずの他人でも、一瞬ドキッとして足を止めずにはいられぬほどの大声だ。

「倉田さま」

美涼は観念し、仕方なく足を止めて男を顧《かえり》みた。

「やあ、やはり美涼殿でしたか」

想像どおり、満面の笑顔がそこにあると、美涼の気持ちはなお深く闇に沈んだ。それでも懸命に自らを鼓舞し、愛想笑いを浮かべてみせる。

「よいお天気でございますね」

「ええ」

笑顔のままで典膳は応え、美涼を益々不安にさせた。

一見少年のように無邪気な笑顔だが、同時にそれは少年のように鈍感な表情でもある。もしその外見のままの心根の持ち主であれば、先日の美涼の言葉をどう受け取っているのか、美涼には甚だ疑問であった。だから、

「なんのご用でございますか?」

と問うこともできず、美涼は無言で相手の次の言葉を待つしかなかった。

だいたい、この男は何故こうも平然と自分の前に現れることができるのか。美涼にはさっぱりわからない。

「このお話は、お断りさせていただきます」

先日、きっぱりと引導を渡してやった。

鋭敏な大人の心を持った男なら、たとえ偶然市中で美涼を見かけたとしても、素知らぬ顔で立ち去るべきではないか。それをわざわざ呼び止めるとは、本当に無邪気で鈍感なのか、或いはそれを装っているのか。

「あの連中は、小伝馬町送りになったようですな」

「え、ええ」

不得要領に、美涼は頷く。

さも、自分もあなたと同じ目的でここに来たのです、と言わんばかりの発言が、美涼を更に追い詰める。

(もう限界だ)

と思った瞬間、

「ところで、美涼殿」

倉田典膳はふと口調を改めた。面上から、鈍感そうな少年の笑いは消えている。

「少々、よろしいでしょうか」

「え？」

「しばし、お話を」

「なんの話でございます？」

と即座に問い返さなかったのが、せめてもの美涼の配慮というものだった。

美涼の半歩後ろから、食いつきそうな顔つきの竜次郎が、典膳に向かってあからさまな殺気を迸《ほとばし》らせている。

「では、廣小路までご一緒いたしましょうか」

先回りして、美涼は言った。

何処か店に入ろう、などと言い出されてはかなわないと思ったためである。

ともに肩を並べて歩き出してからも、だが典膳はなかなか用件を口にしなかった。

(なにを勿体つけてやがるんだよッ)

竜次郎は心中激しく毒づくが、もし余計な口をきいて、美涼から、

「先に帰りなさい」

と言われてしまうのが恐いので、黙っておとなしくついて行く。

(なんだか知らねえけど、早く言いやがれ)

相手が一体なにを言い出すか見当もつかないだけに、沈黙によってもたらされる焦燥は弥増《いやま》すばかりである。

「先日の――」

典膳が漸《ようや》くその重い口を開いたのは、そろそろ行く手に、西両国の賑わいが見えはじめた頃だった。

「先日の?」

「貴女が、本多様のまことの御息女ではないという話ですが」

「…………」

美涼は黙って相手の言葉を待つ。

「それがしは、貴女が本多様の御息女だから縁談を申し込んだわけではありません」

重い口を漸く開いたわりには、いきなり思い切ったことを口にする。

「ですから、縁談の件は――」

「それははっきりお断りいたしました」

一瞬でも気後れしては付け入られると思い、やや語気を強めて美涼は言った。

（いいぞ、美涼さま。こういう図々しい野郎には、はっきり言ってやらなきゃ！）

竜次郎が忽ち満面に喜色を滲ませているであろうことは、振り向いてみずとも美涼にはわかる。

「しかしそれがしとて、納得のゆかぬ理由で縁談を断られ、このまま黙って承知するわけにはまいらぬ」

「では、どうなされます？」

「だいたい貴女は卑怯《ひきょう》だ」

「え？」

思いがけない典膳の言葉に美涼は戸惑う。

「ご自分だけ、言いたいことを言われて、それですむとお思いか？」

「…………」

「貴女は、ご自分が丸山遊女の子だから歴とした武家には嫁げぬとおっしゃるが、憚《はばか》りながら倉田家など、もとよりご大身の本多様とは、家格において到底釣り合わぬ。元々、無礼を承知で申し込んでいるのでござる」

（一体何が言いたいの？）

美涼の緊張はその極に達する。

「私は、家柄とかそんなものに関係なく、あなたを妻に欲しいと思った。だから、申し込んだのです」

一瞬のためらいもみせずに典膳は言う。

「ですから貴女も、家がどうとか、出自がどうとかそんな理由ではなく、本当のお気持ちをお聞かせいただきたい」

「本当の気持ちとは?」

「それがしのことが、お嫌いですか?」

「…………」

美涼は絶句し、無意識に足を止めた。さり気なく竜次郎のほうを顧みると、なんと竜次郎もまた呆気にとられた顔をしている。それほどに、直截《ちょくせつ》すぎる典膳の言葉に驚かされたのだ。

「お答えいただけまいか?」

「そ…それは……」

まるで先夜の意趣返しのごとく、喉元に切っ尖を突き付けてくる典膳の問いに美涼は困惑し、答えを躊躇《ためら》った。即答できるほど、それは簡単な問題ではなかった。

# 五

久しぶりに訪れた牧野成傑の屋敷の庭に咲く満開の木槿《むくげ》の花に、隼人正はしばし目を奪われた。

「出入りの庭師が、華やかでいいでしょう、と言って植えていったのだ」

隼人正の視線に気づいて成傑は言ったが、隼人正にはなにやら言い訳めいて聞こえ、少しく苦笑する。

「武家の屋敷には、似つかわしくない花ですな」

「そうかな。儂は華やかでよいと思うが」

「あなた様は、諸事派手好きでございますから」

とは口に出して言わず、隼人正はただ口許だけ弛《ゆる》めて微笑していた。

先ほど玄関先まで出迎えてくれたとき、

「なんだ、お前一人か」

と、あからさまにがっかりされた。

「そんなにいつも連れてきませんよ」

「ならば、美涼一人を寄越せばよいではないか」

「言っておきますが、美涼はこちらへお邪魔するのを嫌っておりますよ」

「どうせお前が、あることないこと、儂の悪口を吹き込んだのであろう」

「いえ、大和守様のことは慕っておりますよ。このお屋敷の堅苦しい感じが苦手なのでしょう」

「うむ、儂も苦手じゃ」

成傑が大真面目な顔で頷いたとき、隼人正は必死で笑いを堪《こら》えた。

成傑が役を退いて隠居した際、てっきり、一ツ橋御門外のこの屋敷を出て、深川あたりで気ままな暮らしを楽しむつもりなのだろうと思っていた。だが、意外や成傑は窮屈な屋敷暮らしを続けている。

「ずっと、留守にしていたからな」

あるときポツリと成傑が呟くのを聞いて、隼人正は納得した。

「今更そばにおられても、煙たいだけかもしれぬがな」

と照れ笑いしたその顔は、珍しく父親の顔であった。

京都町奉行や長崎奉行など、遠隔地に赴任することが多かった成傑には、家族——殊に息子たちと暮らした思い出が殆どなかった。成人して奥右筆《おくゆうひつ》の職にある息子の成《しげ》親《ちか》は、既に妻も娶《めと》り、子も生まれたばかりである。今更父親が必要とも思われないが、この先城勤めをしてゆく上でなにか困ったことが起きた場合、身近にいれば助言もしてやれよう。

(不思議なものだな。あれほどの放蕩児でも、人の親になれば変わるものなのか)

隼人正には、そんな成傑が眩《まぶ》しく感じられた。自分の知らない世界を知っている人間に対しては、ただそれだけで、見上げるような気持ちになる。

(師父と呼ばれ、父の如く慕われようが、所詮私は、美涼の父親にはなれぬ)

風に揺れる鮮紅色の木槿花を眺めながら、隼人正がぼんやり思いに耽《ふけ》っていると、

「それで、今日は儂になにを聞きに来た?」

成傑に促され、漸く我に返る始末だった。

「《木菟の権三》という名を聞いたことがありますか?」

「ああ、三十年ほど前にお縄となり、全員獄門となった盗賊の一味であろう。相当非道《ひど》い奴らであったと聞く」

「ええ、それが」

「その、《木菟の権三》一味を名乗る盗賊が、近頃また江戸を騒がせているという噂も、聞いておる」

隼人正が言葉を挟む余地を与えずに成傑は言い、

「だが儂は、町奉行も火盗の長官も務めたことがない故、盗賊のことなど、詳しくは知らぬぞ」

結局突き放す言葉を吐いた。自分でも言うとおり、実際彼はなにも知らないはずである。

そんなことは百も承知の隼人正だ。彼が知りたいのは、もとよりそんなことではない。

「佳姫さまが、近頃どうしておいでか、ご存じですか？」

「おい、隼人正」

まるで古い馴染みの消息でも尋ねるように何気ない口調で問われ、成傑はさすがに顔色を変えた。確かに、古い馴染みであることは間違いないがだからといって、今更その者が何処でなにをしているか、本気で知りたいと思うものだろうか。

「佳姫の消息を知って、今更なんとする」

「別に、ただの興味でございますよ」

「酔狂がすぎるぞ」

成傑は激しく舌打ちする。その名は、直接関係があるわけではない成傑にとってますら、金輪際《こんりんざい》聞きたくもない禍々《まがまが》しいものだ。ましてや実害を被《こうむ》った隼人正であれば、記憶にすらとどめたくないと思って当然である。それを、自ら問うなど、一体どういう了見であろう。

だが、当人が涼しい顔をしているのに自分が一人で憤慨するのも妙な話だ。

成傑はしばし考えてから、

「確か、例の騒ぎのあと、江戸に住むことは許されず、下野《しもつけ》宇都宮《うつのみや》藩戸田《とだ》家にお預《あずけ》の身となったはずだ」

と述べた。

下野宇都宮藩は代々譜代の家柄であったが、相次ぐ転封政策によってしばしば藩主が変わった。安永《あんえい》年間に、戸田忠寛《ただとお》が転封先の島原から戻されて以来、現在にいたるまで、戸田家の知行が続いている。

その昔、本多正純《ほんだまさずみ》が大御所から賜った際には十五万石を誇った大藩も、転封のたびに石高を削られ、領地を分散されたりして、現在では、実質七万石ほどしかない。

佳姫がお預となった当時から、それは変わっていないはずだ。

苟《いやしく》も将軍家の姫君がお預となるほどの家ではないが、佳姫の所業と、それを知った大御所の怒りを思えば当然の仕置きといえた。

「いまも、下野にお住まいなのでしょうか」

「知らぬ」

成傑の返答はにべもない。

先代家治公の娘・佳姫は、その数々の御乱行の果てに、流罪も同然、下野宇都宮藩にお預となったが、その後の噂はさっぱり江戸には聞こえてこなかった。あれほど派手好きな女が、草深い下野でおとなしくしていられるとは到底思えぬが、なんの噂も聞こえてこないのだから、改心して、静かに暮らしているのだろうと想像するしかない。

「だが、隼人正、佳姫は、実は下野には行っておらぬのではないか、という噂もある」

「…………」

隼人正は息を潜《ひそ》め、成傑の顔を無言で熟視した。

（やはり憲宗は知らなんだか）

隼人正の反応からそれを確信すると、成傑は己の発言を悔いた。今更、不確かな情報で隼人正の心を掻《か》き乱す必要はなかった。前言を悔いて、すぐさまそれを撤回しようとしたとき——。

だが、

「下野に行ったのは替え玉で、佳姫自身は身を隠し、この江戸の何処かに逼塞《ひっそく》しているかもしれない、ということですね」

隼人正は別段掻き乱された様子もなく、極《きわ》めて冷静に問うてきた。その心中がどれほど波立ち、激しく揺らいでいようと、決してそれを余所目《よそめ》には見せない。

「贅沢《ぜいたく》に慣れた将軍家の姫です。如何に人目を忍んで市井《しせい》に身を隠すといっても、相応の暮らしはしているはず。そのための資金を幕府から引き出すことがかなわぬ以上、なんらかの手段を講じたことでしょう」

淀《よど》みのない口調で言い、隼人正はじっと成傑を見返した。少年の頃から少しも変わらぬ怜悧《れいり》な瞳には、僅かの感情の翳りも見られない。もとより、一縷《いちる》の怨嗟《えんさ》も見られなかった。

その瞳が、恨みに曇っていないことに安堵しながらも、成傑はなお彼を訝《いぶか》しんだ。

「お前、一体なにをするつもりだ？」

「三十年前のケリをつけます」

躊躇いもせずに隼人正は言った。

二十歳の青年かと錯覚するほどの真っ直ぐな瞳で――。

「そうすれば、少しは前へ進めるかもしれませぬ」

「そうか」

成傑は仕方なく頷いた。

昔を忘れて前へ進めと、事ある毎に勧めてきたのは、他ならぬ成傑である。何度同じ言葉を繰り返してきたか、いまとなっては数えることすら馬鹿馬鹿しい。しかし隼人正は頑なに昔を忘れず、いつまでも喪ったものにしがみついてきた。少なくとも、成傑の目にはそう映っていた。

その隼人正が、漸く前に進む——進みたい、と言う。

本来ならば、全力を挙げて彼を助けたい。いや、助けるべきではないか。だが。

(いくらなんでも、儂は年をとり過ぎたぞ)

成傑はいまにも泣きそうな顔で隼人正を見つめ返した。

(何故、せめて十年……いや、五年早く、それを言い出さぬ。五年前なら、儂は現役の書院番頭だ。あの頃、儂の実績をもってすれば、若年寄へのぼりつめる道もあったのだ。だが、欲を出して苦労するよりは最早これでよい、と思うてしまった。隼人正のうつけがッ、あのとき若年寄の座についておれば、いまそなたを手助けしてやれたものを)

それからしばし、隼人正を怨《うら》み、己を怨んだ。

「隼人正ッ」

名状しがたい思いとともに、成傑は喘《あえ》ぐようにその名を発した。

「庄五兄」

隼人正は微笑とともに、兄とも慕うひとのことを、懐かしい呼び名で呼んだ。

「なんだ、善四郎」

仕方なく、成傑もまた幼名を口にする。

「私が、美里の仇を討って三十年前のケリをつけられた暁には、美涼を妻にしてもようござろうか」

「悪いわけがあるまい」

成傑の声は不覚にも涙に震えた。

隼人正の身に幸福が訪れる。あれほど待ち望んだ幸福が……。だが、その前に、それを遮る大いなる障害のあることを思うと、いやでも涙がこみ上げるのを、成傑はどうすることもできなかった。

# 第五章　理想の武士

## 一

「美涼さまは今日もお出かけなんですかい」

裏口から駆け込んできてその事実を知ると、竜次郎はあからさまにいやな顔をした。

「このところ、毎日《なじ》じゃないですかい」

まるで隼人正を詰るような語調である。だが、隼人正はそれには応えず書見を続けている。

「まさか、また、倉田典膳の道場じゃねえでしょうね」

「典膳の道場なら、どうだというのだ」

不機嫌に応じつつ、隼人正は漸《ようや》く顔をあげて竜次郎を睨んだ。

縁先から無遠慮に呼びかけてくる不作法はいつものことだから許すとして、その声の馬鹿でかさばかりは我慢できない。

「だいたいお前、今日は美涼に、実家に顔を出すよう言われておったのではないのか」

「もう出してきましたよ。暇なお武家の隠居暮らしと違って、商人《あきんど》の家は忙しいんですよ。いつまでもぐずぐずしてちゃ、商売の邪魔になりますからね」

「邪魔にされたのか？」

「別にされませんけど……」

「ならば、問題ないではないか」

「気まずいんですよ。手代の竹次《たけじ》には暇を出しましたけどね、不義を知られてるお夏《なつ》にとっちゃおいらは天敵だし、おいらだって、お夏の顔を見るのが忍びねえんですよ」

竜次郎の口調は一層憤《いきどお》りをおびてゆく。

筋違いな怒りを向けてくる竜次郎に、隼人正は閉口した。

「美涼は、お前があまりにも実家に寄りつかぬ故、案じておるのだ」

「親父もすっかり元気になりやしたからね。今更おいらの顔なんざ、見たくもねえでしょうよ」

「ならば、美涼に、そう報告するがよい」

隼人正はもとの書面に視線を戻す。

継母《ままはは》の奸計《かんけい》によって無実の罪におとしいれられた竜次郎は、自分が島帰りの前科者であることを憚《はばか》り、いまでも実家の油問屋には殆ど出入りしない。

竜次郎の無実を証明するためには、継母のお夏を罪におとさねばならず、異母弟・亥三郎《いさぶろう》の母親であり、父の竜蔵《たつぞう》が信頼しきっている女を罪におとすくらいなら、自分は前科者のままでいい、と竜次郎は主張した。

「山城屋の身代を継ぐのは亥三郎ですよ。その母親を、罪人にするわけにゃあいかねえでしょう」

実の親の顔も知らずに育った美涼には、そんな竜次郎が悲しかったのだろう。

「たまには、実家に顔を出すがよい。親御が元気なうちに見舞うのは子の務めだ」

ときに厳しく、竜次郎に命じた。厳しく命じ、行かねば当家を去らせる、と脅《おど》さねば、竜次郎は到底自ら、実家に足を向けはしないに違いない。

「報告したくても、肝心の美涼さまがいねえじゃねえですか」

竜次郎は腹立たしげに舌を打つ。

「このところ、典膳の道場に入りびたりじゃねえですかい、御前」

「なんだ」

隼人正も不機嫌に応じる。書面からは視線を外さないが、その目が、本当に字面《じづら》を追っているかどうかは、甚《はなは》だ疑わしい。頁を捲《めく》る指は、最前から、全く動いていなかった。

「どうしてお許しになるんですよ。縁談は、きっぱりお断りになったんですよ」

「別に許してはおらぬ」

「だったら、『行くな』とおっしゃればいいでしょう」

「何故だ」

「何故ってそりゃあ、行かせたくないからに決まってるでしょう」

「別に、どうでもよい」

「よかねぇですよ」

「お前がなんと言おうと、私は、そんなことは言わぬ」

「だから、どうしてですよッ」

語気も鼻息も、同様に荒げて竜次郎は喚《わめ》く。隼人正はいよいよ辟易《へきえき》する。

「私は、美涼の主人ではないぞ。言えるわけがないだろう」

「言えばいいじゃないですか。美涼さまは、御前の言いつけなら絶対聞くんですから」

「私は、美涼が望むことであれば、したいようにすればよいと思っている」

「なに、かっこつけて、心にもないこと言ってるんですよ」

隼人正の顔色が少しも変わらぬことに業《ごう》を煮やした竜次郎の暴言は、とどまるところを知らなかった。

「美涼さまが、典膳の野郎と夫婦になると言い出しても、まだ、したいようにすればいい、なんて寝言ほざいてるおつもりですか」

「美涼が本気でそう望むのであれば、そうすればよい」

「御前、あんた、まさか暈《ぼ》けちまったのかよ」

「黙れ、竜次郎」

隼人正は口中に低く怒鳴った。

竜次郎はさすがに我に返り、失言に気づいて自ら青ざめる。

「失《う》せよ、下郎ッ。……所詮下郎は、どこまでいっても下郎だ」

憎々しげな口調で言われ、竜次郎は忽《たちま》ち肩を落とした。

日頃喜怒哀楽をあまり露《あら》わにしない隼人正が怒りの言葉を口にするとき——。

それは、彼が本心から、心底本気で怒っていることを意味するのだ。

「これ、なにをしておる」

庭の草むしりをしていた老中間の甚助が騒ぎを聞きつけ、すっ飛んできた。

「竜次郎めが、なんぞ粗相をいたしましたでしょうか」

「いや、用事を言いつけようとしたら、こやつ、なんだかんだと難癖をつけおってな。主人の言いつけに従わぬのはけしからん、と叱っておったのだ」

「なんと、御前にそのようなご無礼を……これ、竜次郎」

「え、あ、あの、用事って……」

「それほど気になるなら、美涼を迎えに行け、と言っておるのだ」

戸惑う竜次郎に、いつもの口調で隼人正が言った。面上からも、既に怒りの色は消えている。

「倉田典膳の道場へだ」

「あ、は、はい」

忽ち、竜次郎は満面に喜色を浮かべて躍りあがる。

「行くか?」

「は、はいッ、行ってまいります」

隼人正が思わず吹きだしそうになるほど元気よく答え、竜次郎はその場で頭を下げた。甚助への挨拶もそこそこに踵を返すと、さっさと裏口から路地へ飛び出して行く。

（現金な奴だ）

その背を見送りつつ忍び笑う隼人正の指先が、無意識に書見台の書物の頁を捲った。寛政《かんせい》三年刊行・林子平《はやししへい》著『海国兵談《かいこくへいだん》』の字面は相変わらず退屈で、なかなか頭に入ってこない。

刊行当時に購入したはいいが、十五、六の若者に面白く思えるような内容でもなかったので、すぐに厭《あ》きて投げ出してしまった。

その後、著者の林子平が禁錮刑に処せられ、憂悶のうちに憤死したと知り、再び手にとってなんとか読了した。書物そのものよりも、著者に対する興味からであった。

隼人正同様、幕臣の家に生まれた林子平は、大変な秀才で、僅か十二、三歳の頃には、経史に通じていたという。同時に奔放な一面もあり、幼少の頃から山野を駆け回って育った。兄が仙台《せんだい》藩に仕えたため、自らも仙台に移り住み、藩の財政難打開策として、国産奨励と専売の推進など、積極的な政策を上表した。また、江戸は言うまでもなく、貿易の要衝である長崎や未開の蝦夷地《えぞち》にまで足をのばして見識を高めることにも努《つと》めた。

隼人正にとっては一世代前の人物ながら、露西亜《ロシア》や英国など、これまで交易のなかった異国の船が長崎出島以外の土地に来航したり、沿岸に出没したりしている昨今の情勢を考えると、『海国兵談』に述べられた海防の必要性が証明されるときがきた、といえるだろう。

読み返してみて、三十年以上も前にこの書を著した林子平とは、実に天才であった、と隼人正は思う。

(しかし、相変わらず、なかなか頭に入ってこぬ文章だな)

言葉がなかなか頭に入らぬのは、他の理由があってのことだと承知しつつも、隼人正はなお懸命に字面を追った。

三十年のときを経て、表紙も本文もすっかり色の変わった書面に向かっていると、この書を入手した当時の気分までもがありありと甦《よみがえ》ってきて、不思議と心が和んだ。

一方——。

路地から通りへと駆け出した竜次郎のほうも、

(なんでえ、結局御前だって、気になって仕方ねえんじゃねえかよ)

一途に目的地を目指しつつ、心中密かに笑い、大いに気分を和ませている。

あれから――。

「私のことがお嫌いですか？」

と矛《ほこ》を突き付ける勢いで典膳から問われ、返答に困った日から、美涼は、なんとはなしに彼の道場を訪れるようになった。

「好きか嫌いかを申せるほど、私はあなた様のことを存じませぬ」

苦しまぎれに応えると、

「では知ってください」

と更にその切っ尖を深く突き入れられてしまった。

一方的に攻撃されっぱなしのままでは美涼の気がすまない。

「では、この目にてしっかりと拝見させていただきます」

真正面から、受けて立った。

かくて、美涼は典膳の道場に日参するようになった。

日参して、特になにをするというわけでもなく、手合わせする日もあれば、しない日もある、といった具合である。ときには、典膳が門弟たちに稽古をつけていることもあり、その様子を美涼が黙って見学することもあった。

ほぼ毎日のように顔を合わせるようになり、美涼は典膳に好意をいだきはじめたのではないか、と竜次郎は思う。そうでなくて、毎日いそいそと出かけて行きはしないだろう。

確かに、縁談の申し込みのときといい、断られたあとの態度といい、典膳の態度は常に正々堂々としている。そういうわかりやすい武士らしさが、美涼を惹《ひ》きつけているのかもしれない。

だが、竜次郎はなんとなく、典膳という男が気に食わなかった。

(はっきり断られたら、諦《あきら》めるもんだろ、普通は)

それを、諦めずにつきまとってくるなど、武士とも思えぬ卑怯未練の所業というものではないか。

(だいたいあの野郎、おいらを下郎呼ばわりしやがって)

それを思うと、竜次郎は切歯扼腕《せっしやくわん》せずにはいられない。下郎呼ばわりは、隼人正や美涼にだってされているが、多少なり尊敬の念をもって仕える二人から言われるのと、見ず知らずの他人から言われるのでは全然意味が違ってくる。

(見事に喧嘩の仲裁をする美涼さまにひと目惚れしたとかぬかしていやがるが、わかるもんか。だいたい、あの美涼さまを見て、本当にひと目で女と判《わか》ったのかよ。おい

らだって、初対面のときは、男だと思ったぜ）
腹立ちを堪《こら》えつつ道場の武者窓から覗くと、薄暗い道場の中に、二つの人影が佇《たたず》んでいる。美涼と典膳だ。典膳は竹刀を手にして幾種類かの剣の型を見せ、それを見た美涼が、真面目な顔つきで、感想だか意見だかを述べているようだ。武芸の話になると、忽ち美涼の目の色は変わる。道場主の典膳は、そんな美涼の話し相手にはうってつけである。
一見、微笑《ほほえ》ましい歓談の図だが、竜次郎には最も忌《い》まわしい光景である。
（チェッ）
軽い舌打ちの音が屋内に聞こえたとは思えない。だが、

「竜次郎か？」

窓外からの視線に気づいた美涼が、そこに竜次郎を見出すと、つかつかと武者窓のほうへ近づいてくる。

「どうした？　なにか用か？」

「御前に言われて――」

目を伏せながら応えた竜次郎は狡《ずる》い。隼人正の名を出せば、美涼が唯々《いい》として従うことを知っている。

「師父さまに？」

「ええ、なんですか、美涼さまにお話があるみたいで、すぐお帰りになるように、と」

「話？　なんであろう？」

「さあ……。縁談じゃやねぇんですかい？」

「…………」

美涼は一瞬間怪訝そうな顔をしたが、竜次郎の悪趣味な冗談には取り合わず、

「わかった、すぐ帰ろう。倉田様、失礼いたします」

その場で典膳に一礼すると、そそくさと道場を出た。

竜次郎は内心舌を出している。嘘はじきにバレるだろうが、そのとき、美涼に怒鳴りつけられるくらいですむなら、安いものだと竜次郎は思った。どうせなにもしなくても、怒鳴られるときは怒鳴られるのだ。

やがて待つほどもなく、美涼が路上に現れる。

歩き出す際、竜次郎の耳許に、

「師父さまに言われて来たなどと、嘘であろう」

美涼は低く囁いた。竜次郎は思わず肩をすくめる。じきに、どころか、どうやらは

じめからバレていたらしい。だが、別に怒ってはいないようで、少し行ったところで、

「このあたりに、醬油をかけた心太《ところてん》の屋台は出ていないか?」

と竜次郎に問うてきた。

多少心を許すようになったとはいえ、一応武士である典膳は、買い食いの連れには不向きである。暑気払いに冷えた心太でも食べたい、と思っていたところへ、折良く竜次郎がやって来た。

「心太ですかい。……ちょっと待ってくださいよ。この時刻でしたら、天神様の境内に屋台が集まってるはずですぜ」

竜次郎は嬉々として言い、先に立って歩きはじめた。屋台の買い食いのための連れであろうと、美涼から必要とされることがなにより嬉しい竜次郎なのだ。

## 二

道場に通うようになってから、典膳とはさまざまな話をした。

美涼の生い立ちを聞いてしまったのでそのお返しのつもりなのか、典膳は、己の身の上を盛んに話してきた。

「母は、それがしを産んですぐに亡くなり、それがしは倉田の家に養子に出されたようです。それ故、それがしも、本当の両親の顔は知りません」

「倉田家のご両親は？」

美涼が訊ねたのは、現在道場に、典膳の他、下働きの老人以外は起居していないらしいことを訝《いぶか》ってのことだ。

「養母はそれがしが幼い頃に亡くなり、養父も、数年前に――」

殊更《ことさら》暗い顔をするでもなく典膳は答えたが、美涼はもうそれ以上、彼になにも訊ねたくはなかった。

両親に恵まれ、何一つ不自由なく育ったように見える者にでも、本人にしかわからぬ不幸の一つや二つはあるものだ。ましてや、本当の両親の顔を知らず、養母とすら早くに死別した者が、十全の幸福を得ていたとは到底思えない。些細な不幸を数えあげたらきりがないはずだ。

しかし典膳は、その生い立ちになんの影響も及ぼされることなく、健やかに育った。

一方美涼は、これまで己の生い立ちを不幸と感じたことは一度もない。

廓《くるわ》にいた頃、楼主はもとより、遊女たちも皆、美涼に優しくしてくれたので、殊更淋しさを感じたことはない。

禿《かむろ》として座敷に出るようになってからも、子供を相手に無体な真似をする客は先ずいなかった。踊りや唄など、芸事は嫌いではなかったし、覚えもよかったので、稽古をつらいと思ったこともない。ただ、やがて遊女となって客をとらされると思うと、それはちょっと憂鬱《ゆううつ》だった。

遊女の子に生まれたら、母と同じく遊女になる。それがさだめだ。諦めねばならぬことはわかっていたが、せめてその前に廓の外の世界を見てみたい、と望んだ。拳法を習って強くなればそれがかなうのではないか、というのは所詮子供の発想であったろう。

だが十一の歳に隼人正と出会い、運命が変わった。

それ以来、寧《むし》ろ幸運の連続といっていい人生で、不幸も不運も、美涼の人生からはすっかり影を潜めている。

おそらく、こういうことを、世間では恵まれた生い立ち、というのだろう。

丸山遊女の子だということを明かしながらも、その、「恵まれた生い立ち」の部分を、美涼はなに一つ、典膳に対して語らなかった。

故にごく一般的な武家の生まれ育ちである典膳にとって、「廓で生まれ育った女」というのは、もうそれだけで、かなり可哀想な同情すべき存在なのであろう。だから、本当の親を知らず、養父母とも縁が薄かったという自らの不幸を、まるで、美涼の身の上話に対する返礼のようにして語ってきた。

蓋《けだ》し、真っ正直な男なのだろう。

人には優しく、己に厳しい、実に健全な武士なのだろうと思う。

たとえば、美涼が密かに理想とする武士とは、典膳のような男なのかもしれなかった。

だからといって、心惹かれるかと問われると、「肯《うん》」と頷《うなず》くことはできなかった。

それは、彼女の心に既に一人の男が住みついているからに相違なかったが、そのことに、未だ美涼は気づいていない。

ただ、理想の武士だからといって、即ち思慕の対象にはなり得ないということに、美涼は新鮮な驚きを感じた。

(好きか嫌いかを言えるくらい、自分のことを知ってほしい、と言うから通ったけど、私にはわからない)

好きという感情が、即ちそのひとの妻になりたいと希《ねが》うほどの思いをいうのだとしたら、多分それほどの感情はない。嫌いという感情が、二度と相手の顔を見たくないと思うほどの強い嫌悪であるならば、それほど典膳のことが嫌いではない。

美涼の典膳に対する気持ちは、どうやら、竜次郎が激しく案じるほどのはっきりした「好意」ではなさそうであった。

「明日から二、三日留守にする」

と夕餉の際、不意に隼人正から言われ、美涼は当然驚いた。

「どちらに行かれるのでございます？」

「私の留守中、竜次郎めが妙な気を起こしたならば、斬り捨ててもよい」

だが隼人正は美涼の問いには答えず、隣室で聞いていた竜次郎が思わず飛び上がるようなことを言った。

「あの、私は……」

隼人正が単身何処かへ遠出するつもりなのを知り、美涼は忽ち不安になる。できれば同行したかった。だが、

「留守を頼む」

きっぱり言われてしまい、美涼はそれきり、隼人正の行き先を詮索する気力も失った。

「斬り捨ててもいい、って、そりゃあ、どういうことですよ、御前ッ」

竜次郎の抗議の声は殆ど耳に届かず、口中にあった秋刀魚《さんま》の腑《はらわた》が一層苦《にが》みを増した。


翌朝早く、隼人正が行く先も告げずに出立するのを、美涼は見送った。

「わざわざ早起きせずともよいものを……」

隼人正は苦笑していたが、美涼には、

「道中お気をつけて行ってらっしゃいませ」

としか、かける言葉がない。

「明後日には戻る」

と彼が言う以上、それ以上聞くのは無駄というものであった。

(どうか、ご無事で)

朝靄《あさもや》の彼方へと去る背を見送り、祈るしかない自分が、美涼には悲しかった。

何故、一緒に行く、と言い張り、強引について行かないのだろう。

「あれ、御前、もう出かけたんですかい、随分と早お発《た》ちですねぇ」

それから一刻ほどして寝惚け眼《まなこ》を擦りながらの竜次郎が美涼の部屋へ顔を出したが、
その暢気な様子を一瞥した途端、

(斬り捨てたい)

と思うほどの殺意が湧いた。

三

千住大橋《せんじゆおおはし》を渡って、日光街道を北上する。

将軍家の日光参拝のための道は都大路の如く整備されていて、目を瞑《つむ》っても歩けるほどに平坦だ。

隼人正の目的地である宇都宮は、馬をとばせば一日で往復できる距離だが、彼の健脚なら、徒歩でも確実に半日で着ける。若い頃から各地を遍歴してきた隼人正には独特の歩行法があり、一見さほど急いでいるようにも見えないのに、実はもの凄い速さで歩いていた。隼人正とともに旅をしてきた美涼もまた、彼とほぼ同じ速度で歩くことができる。

(行き先くらいは、告げるべきだったかな)

周囲の景色が見る見る流れて行く道中で、隼人正は少し後悔した。

行き先を告げれば、美涼のことだから、来るなと釘を刺してもついてきてしまうのではないか、とおそれ、遂に言わなかった。

だが、隼人正から行き先を告げられなかった美涼は、果たしてどう思い、どういう行動に出るだろう。

（お蓮になにか訊ねるだろうか）

お蓮が、隼人正の身辺を密かに探る役目を負った公儀隠密であるということは、美涼には薄々察せられているだろう。隼人正になにかあれば、真っ先に問い詰めるべき相手だ。だが、お蓮には今回の宇都宮行のことは一言も告げていない。仮に美涼から詰め寄られたとしても、引き出されるべきなんの情報も持ち合わせてはいないのである。

最も警戒すべきは、はっきりそうと告げてはいないが、おそらく隼人正の意図を察しているであろう牧野成傑だが、

（まさか、牧野様のところへ駆け込むことはあるまい）

と確信していた。

美涼は、千代田のお城に近い牧野成傑の屋敷を苦手としている。間違っても、一人で訪れるようなことはあるまい。

（だが仮に、私の行き先を知ったとしても、美涼は、あとを追ってきたりはしないだろう）

隼人正にはわかっている。

遊里で生まれ育った美涼には、相手から教えられない限り、自ら求めて人の秘密を暴きたいというような欲求はない。廓では、なんといっても、口の堅いのが一番である。更には、ひとの事情を無闇と詮索しないよう躾《しつけ》られる。子供のころ身についた躾は、容易には体から消せないだろう。

だから美涼は、隼人正から進んで教えぬ限り、自ら彼の隠し事を知ろうとはしない筈だ。

だが、街道の両側に、等間隔で植えられた杉並木の続くあたりまで来たとき、隼人正の後悔は極に達した。

何《いず》れは、すべてを話したい、と思っている。

美里のことも含めて、おそらく、美涼が知りたいであろうことを、いつかは話したい筈なのに……。

いざ美涼の顔を見ると、どうしても躊躇われる。意を決して言いかけても、

「師父さま？」

あの疑いのない瞳でじっと見つめられると、なにも言えなくなってしまう。それでも、

ろう。

そういう隼人正の可憐な心根を知れば、牧野成傑は、またもや男泣きに泣くことだ

「勿体《もったい》ぶらずに、早く言ってやれ」

と堅く心に誓い、隼人正は先を急いだ。

（何《いず》れは話そう）

宇都宮は、古くは天正《てんしょう》十八年秀吉《ひでよし》の小田原征伐の際、秀吉側に与《くみ》して忍《おし》・岩槻《いわつき》攻撃に参戦したという歴史をもつ。

元々は宇都宮氏という土地の豪族が治めていたのだが、太閤検地の際に不正な申告をしたとして追放され、宇都宮城は、太閤の奉行である浅野長政《あさのながまさ》に託された。その翌年の慶長《けいちょう》三年、領民に評判の悪かった浅野長政に代わって会津若松《あいづわかまつ》の領主・蒲生秀行《がもうひでゆき》が入城した。以後、松平信綱《まつだいらのぶつな》の父が城代を務めたり奥平信昌《おくだいらのぶまさ》の子の家昌《いえまさ》に継がれるが、これものちに下総古河《しもうさこが》十一万石へ転封となる。

元和《げんな》五年、家康の側近であった本多正純がこの城を賜ったことで、宇都宮城の運命は大きく変わる。世に言う「釣り天井」事件の真偽のほどはともかくとして、世間からはあまりよい印象をもたれなくなった。

正純の転封後、元の藩主の奥平氏が下総古河から戻されたが、藩主・奥平忠昌《ただまさ》の死後、殉死禁止令を破って家臣たちが殉死したり、忠昌の法要の席で家老同士が刃傷沙汰に及んだりと、不祥事が絶えなかったのである。

その後も、本多、松平、阿部《あべ》、戸田と、めまぐるしく藩主が変わった。

譜代であり、代々の藩主も徳川家と縁の深い者たちばかりだが、家格はそれほど高くない。

そういう家に、素行不良の将軍家の姫君がお預けとなったというのも、なにやら因縁めいたものを感じる。

（歓んで出向いたわけがない）

宇都宮へと向かう道中で、隼人正はその考えをいよいよ固めた。

「お武家さまは江戸からいらしたんで？」

休憩のため足を止めた街道沿いの茶屋で、煎茶を運んできた老爺《ろうや》に訊ねられ、

「そうだ」

と無愛想に答えたとき、隼人正は何故か忽然と、弥助のことを思い出した。理由はわからない。同じ年頃の老爺と見たからだとすれば、隼人正の頭も随分と簡単にできているものだ。

（これが老いるということか）

自らの短絡思考に、隼人正は落胆した。そういう自分を、美涼には決して知られてはならぬ、とも思いつつ啜《すす》った茶は、思いのほか苦い。隼人正は無意識に顔を顰《ひそ》め、その様子を、茶店の老爺がじっと見守っていた。

## 四

宇都宮に到着した隼人正は、真っ先に国家老の屋敷を訪ねた。

既に隠居したことは告げず、ただ、若年寄配下の目付にして、先手組頭の本多隼人正と名乗れば、陪臣ならば大抵は、居住まいを正して出迎える。

当然、殿様を迎えてもおかしくない座敷に通された。

待つほどもなく、屋敷の主人である国家老の佐野和泉守《さのいずみのかみ》が現れる。

「本多殿、お久しゅうござる」

「佐野殿もお変わりなく」

さあらぬ体《てい》で応じつつ、内心隼人正はヒヤリとした。

（しまった、会ったことがあったか）

いまは国家老職にあるといっても、若い頃もそうだったとは限らない。殿様の側近《そば》く仕《つか》える役にあったりすれば、参勤交代の折には確実に出府している。殿に従って登城していれば、何処かで顔を合わせていたとしても不思議はなかった。

しかし、ほぼ同年代とはいいながら、これといって外見上の特徴はなく、どこにでもいそうな初老の武士に、当然ながら隼人正は見覚えがない。

「いや、本多殿のお変わりなきことこそ、まるで、神仙のようでござる」

佐野和泉守は大仰《おおぎょう》に顔を歪《ゆが》めて言った。

自分では笑顔をつくったつもりかもしれないが、残念ながら、ただ片頬がひきつったようにしか見えない。極度の緊張が、彼に必要以上の大仰な反応をとらせているであろうことは容易に察せられた。

(長居は無用だな)

隼人正は覚悟を決めると、

「御当主・忠延《ただのぶ》公には、このたび京都所司代《しょしだい》を拝せられましたる由、まことにご祝《しゅう》着至極《ちゃくしごく》に存じまする」

からはじまり、長々と祝賀の辞を述べた。

隼人正が長口上を述べているそのあいだ、佐野和泉守は、終始無表情であった。しかし、それが内心の動揺を見抜かれまいとするものであることは、隼人正の目には一目瞭然であった。

「ところで、佳姫様は、ご息災でいらっしゃいますか」

だから隼人正は、祝賀の口上を終えるとほぼ同時、間髪《かんはつ》入れずにいきなり用件を口にした。

「え？」

案の定、その名を口にした途端、和泉守の顔色が明らかに変わった。

「佳姫さまは、大変…ご息災であられます」

「では、ご面会はかないましょうか」

「よ、佳姫様に何用あってご面会を望まれる？」

懸命に威儀を保とうと頑張っているのに、その声音は気の毒なほど声が上ずり、最早狼狽《ろうばい》は隠しようもない。

「いや、特に用というほどのこともござらぬが、それがし、佳姫様とは少々面識がありまして、折角当地へ参りましたので、この機会にご機嫌伺いできればと思いまして」

鈍そうな笑顔を装って言えば、和泉守の面上にはいよいよ色濃く苦渋の表情が滲《にじ》む。

「し、しかし、佳姫様は、科人《とがにん》同然に弊藩にお預《あずけ》となられたお方故、気ままにご面会を許しては……いや、その、佳姫様にも、お伺いしてみなければ……いや、お元気とは思われるが、伺ってみないと、なんとも……」

「もとより、佳姫様のご意向次第でございます」

これだけ苛《いじ》めればもう充分と判断し、隼人正は助け船を出した。

「佳姫様が、それがしにはお会いになりたくない、ということでしたら、仕方ありませぬ。諦めまする」

「では、佳姫様にお伺いをたてるあいだ、しばしお待ちを」

隼人正の言葉に、国家老は明らかに安堵した。

半日、本陣にて待たされた揚げ句、

「佳姫様にはにわかのご心労にて、何方《いずかた》にもお目にかかりたくないとのことでございます」

との返答を得て、隼人正は満足した。

もし万一、お目どおりかないます、と言われたならば、隼人正は少々困ったことになったろう。なにしろ隼人正は、能面をかぶった佳姫としか対面したことがなく、いまその素顔を見せられたとしても、果たして佳姫本人かどうか、判断は難しかったであろうから。

だが、ここにいる佳姫が本物ではないと、相手は問われもせぬのに答えてくれた。面識がある、と言った隼人正に、さしたる理由もなく会わせないのは、それが別人であるからに相違ない。

(そうとわかれば、早々に退散だ)

一泊すると言っておきながら、隼人正は日の没しきらぬうちに、密かに本陣を抜け出した。

街道を、小一里ほど上ったところで、隼人正は尾行《びこう》に気づいた。

(やはり、来たか)

隼人正は無意識に苦笑する。

(佐野和泉、あまり賢い男ではないようだな)

愚かな人間の選ぶ道というものはだいたい決まっていて、数ある可能性の選択肢の中から、常に最悪と思われる選択をする。

この場合、ここで隼人正の口を封じるのは、仮にそれが成功したとしても、なんの問題解決にもならない。寧《むし》ろ、あらぬ疑いをかけられるだけ損である。

（さて、どうしたものか）

あからさまな殺気を放ちながら来る者の数は五名。些《いささ》か少なすぎると言わざるを得ない。

（侍にとって、主人の命令は絶対とはいえ、憐れなものだな）

もとより、隼人正にやり合う気は毛頭無く、やり過ごして立ち去るつもりだった。

そのとき、風上より仄《ほの》かに漂う硝煙の香を嗅ぐまでは――。

（鉄砲？）

隼人正の体は、より深刻な危険に対しては勝手に反応するようにできている。

（鉄砲まで引っ張り出すとは、御苦労なことだ）

背後の気配が近づくのを待たずに走り出す。急に的《まと》が動いたことに慌てたらしい前方、杉の木の陰の硝煙臭めがけて、小柄を投げると、

「ぎゃッ」

暗がりから悲鳴があがると同時に、ズドンと鈍い爆音が鳴った。

隼人正の狙いがはずれていないとすれば、小柄は狙撃手の利き手の甲に刺さり、その驚きと痛みで、咄嗟《とっさ》に引き金をひいてしまったものだろう。当然弾ははずれて、間抜けな軌道を描きながら隼人正の頭上を大きく飛び越えていった。

おそらく、旧式の火縄銃だろうから、一発はずせば暫《しばら》く次を撃つことはできない。

隼人正は、杉の大木が聳《そび》えるあたりへ素早く身を躍らせる。地を蹴った瞬間に鯉口《こいぐち》を切り、刀を引き抜く。

空中で一閃。

振り下ろせば、狙いすましたように、恐怖にひきつる狙撃手の顔がある。

「わっ」

銃を捨て、慌てて佩刀《はいとう》の柄《つか》に手をかけようとするところを、一刀に斬り捨てた。

「ぎゃーあッ」

その男の断末魔が合図となったか。

背後から隼人正を追っていた者たちが、揃って刀を抜き連れた。

(やはり、美涼を連れてくればよかったな)

と苦笑まじりに思ったのは、寄せ手の人数が、隼人正の予想より一人多く、六名だったからだ。

刀は、どんな利剣でも、三人も斬れば刀身に脂《あぶら》がまわって格段に切れ味が鈍る。

隼人正の佩刀である大業物《おおわざもの》「生駒光忠《いこまみつただ》」とて、それは変わらない。切れ味が鈍れば、易々と一刀のもとに斬り捨てる、という芸当が難しくなり、最終的には力任せに鋼で叩き殺さねばならなくなる。

既に一人を斬っているので、楽にたおせるのはあと二人までで、残りの四人は些か厄介になるかもしれない。最早若くはない隼人正にとって、力任せの荒業は身に応えるのだ。

(是非もない)

隼人正は内心深く嘆息した。

金銭で雇われた者ならば、ちょっと脅せば命が惜しくて退散する。だが、なまじ「お家のため」などいう大義名分に支配された忠義面の武士は、かなわぬとわかっても絶対に退かない。

つまり、この場を切り抜けるには、確実に彼らを仕留めるしかないのである。

美涼を連れてきていれば、半分は担当させられたのに、と思ってしまったのも無理はないだろう。

(無駄な殺生はしたくなかったのだが……)

気重な刃を握り直し、隼人正は次の敵に向かった。とにかくいまはこの場を斬り抜け、一刻も早く江戸に帰らねばならない。

（明日には戻られるのだ）

美涼は懸命に自らに言い聞かせた。

今夕隼人正の身に起こったことが虫の知らせで感じられたわけでもあるまいが、隼人正が何処ともなく出かけたその翌日、妙に胸騒ぎがした。

（明日には戻られるとわかってはいるが……）

遂に我慢できなくなり、美涼は開店前のお蓮の店を訪れた。

「お蓮殿、ちょっとよいだろうか？」

遠慮がちに呼びかけながら中を覗くと、意外や店の中には先客がいて、お蓮と話し込んでいる。

「これは、失礼」

相手は六十がらみの白髪の老爺である。話の途中だったので、目礼だけしてすぐに踵《きびす》を返し、立ち去ろうとすると、

「あ、いいんですよ、美涼さま」

お蓮が慌てて呼び止めた。

「こっちはすぐにすみますから待っててくださいよ」

美涼は軒下に足を止める。

老爺が、チラリと美涼を顧《かえり》みた。

渋い路考茶の裾を思いきり端折《はしょ》って股引《ももひき》を見せたところは動きやすいようにとの配慮だろうが、その歳で、まだ身軽に動き回らねばならぬ仕事をしているということが、美涼には驚きだった。

「じゃあ、お蓮さん、なにかわかったら、また来るよ」

「あんまり無理しないでくださいよ、弥助さん。病みあがりじゃないですか」

「馬鹿にしてもらっちゃ困るぜ。これでも、若い奴らになんざ、まだまだ負けてねえよ」

美涼の前を過ぎる際、老爺は小さく頭を下げた。

その身ごなしに隙のなさを感じ、美涼は老爺の背を見送った。

老爺の姿がやがて橋の上の人波に消えるまで見送ってから、ゆっくりと店に入る。

「いまの老人は？」

「え？　弥助さんですか？」

「名は知らぬが」

「え、いえ……古い知り合いですよ」

美涼がまさか興味を示すと思っていなかったお蓮はちょっと面くらったようだ。

「やはり、公儀隠密なのか？」

「え！」

お蓮は更に驚いて美涼を見返したが、

「ち、違いますよ。昔よく食べた二八蕎麦屋の屋台の親爺さんなんですよ」

すぐに笑って誤魔化した。

「二八蕎麦か」

美涼はもとより、老爺に対して特別の興味などない。

「それより、なにかお話があっていらしたんでしょう。……ちょっと待っててくださいね、いま、お茶を淹《い》れますから」

「いや、茶などよい」

厨《くりや》のほうへ身を翻《ひるがえ》そうとするお蓮を、美涼は目顔で制し、

「師父さまがどちらへお出かけになられたか、ご存じか？」

一番聞きたかったことをズバリ訊ねた。

「え？　御前、どちらかへお出かけなんですか？」

と問い返すお蓮の、それが果たして芝居なのかどうか……。

美涼には判断しかねたが、なんとなく、

（お蓮はなにも知らぬのかもしれぬ）

という気がした。

根拠はなにもない。

なにもないがしかし、こういうときの美涼の勘は意外にあたるのだ。

# 五

その男の顔をひと目見た瞬間、弥助の中で眠りかけていた密偵魂が目を覚ました、と言っていい。

（まさか）

弥助の体は我知らず震えた。

見間違いか、目の錯覚であろうと思った。それくらい、そのときたまたま街中で見かけた男の顔は、弥助のよく知るものに酷似していた。

（《木菟《みみずく》》のお頭……）

その名を口にするのも憚《はばか》られるほど、既に彼のことは、弥助の中でも特別の位置にある。

（まさか……）

弥助は激しく、心中で否定した。

（お頭は死んだんだ。獄門首を、見たじゃあねえか）

否定しながら、だが彼の体は見事に反応した。容易には動かない筈《はず》の足が自らの意志とは関係なく勝手に動いて、その男のあとを尾行《つ》けていた。

市中で怪しい人物を見かけたら、無意識に尾行せずにはいられない。それが、密偵だ。

だから弥助は、既に役を退いているとか、誰に命じられたのか、なんのための探索なのかなどということを考えようともせず、一途にそのあとを尾行けた。

それから、来る日も来る日も、その男のあとを尾行し続けた。

その男の住まいを突き止め、正体を明らかとするまで、それは続くものと思われた。

（それに、これは他の誰でもない。俺のお役目だ。かつて《木菟》の一味にかかわっていた自分の……）

やがて、弥助はそいつの住まいを突き止めることができた。突き止めて、その意外な住まいに少々面くらった。

（侍なのか）

確かに、《木菟の権三》には、武家の出かもしれない、という噂があった。

だが、その男の風体は、古びた上田縞の着流しの前を大きくはだけ、月代《さかやき》も髭《ひげ》も伸び放題の、到底武士とは思えぬものだ。

（人間、見かけじゃわからねぇ）

ただ顔が似ているというだけでは、なんの証拠にもならない。火付盗賊改方の与力に知らせても、それだけでは取り合ってもらえない。

（証拠だ。奴が《木菟》一味と関係していると証明する、もっと、決定的な証拠をつかまねぇと）

いよいよ決意を強める弥助の足どりは、三十年前と同じく軽い。

ほどなく弥助は、甲州街道への出入り口である内藤新宿《ないとうしんじゆく》――その草深い一角にある瑞圓寺《ずいえんじ》という古刹《こさつ》を突き止めた。

瑞圓寺は、慶長《けいちよう》年間に建てられたという尼寺だが、いまは見る影もなく荒れ果て、狐狸《こり》の住処《すみか》となっている。その古い荒れ寺に、夜な夜な不審な男たちが集まってくるという噂を聞いたとき、

（間違いねぇ）

弥助は確信した。

そしてその夜、いつものようにその男を尾行けていて、彼の足が内藤方面に向いたとき、弥助は内心狂喜した。

(せめてお蓮さんには知らせておこうか)

一瞬間、逡巡した。

火盗の役人にはまだ知らせるわけにはいかないが、隠密仲間になら教えておいてもいいかもしれない。

(いや、やっぱり、はっきりしてからだ)

男を、見失っては元も子もない。弥助はそのまま、男の尾行を続けた。

牛込小日向を抜け、大久保を抜け、男は確実に目的地へ向かう。

弥助は無意識に足を速めた。逸《はや》る心が、いやでも彼の足を急がせた。

男は弥助の尾行に気づかぬまま、やがて目的の荒れ寺の山門をくぐった。腰の高さまで茂った雑草を掻き分けるようにして本堂のほうへ向かう男のあとを、弥助は更に追った。行き先を突き止めたならば深追いはせず、すぐ与力か同心に知らせるのが密偵の鉄則なのに、ついそれを忘れた。

と言うより、自分が目をつけた男が盗賊であるということを、真っ先に確認したい、という子供じみた欲求に抗《こう》し得なかったのだ。気がつくと、格子窓から薄明かりの漏れる本堂のすぐそばにいた。

(気配がするぞ)

覗き込むと、小さな蠟燭《ろうそく》の明かり一つが灯る暗がりの中に、少なくとも、二十人以上の人の気配がする。

小声で囁くように話しているようで、残念ながら、その話し声は表からでは聞き取れなかった。

(よし、火盗に知らせよう。仮に、《木菟》一味じゃなかったとしても、この夜更け、これだけの人数が集まって密談してるなんざ、少なくとも堅気《かたぎ》じゃねえぜ)

踵を返した弥助の目の前に、だが立ちはだかる者がある。

「おい、何処に行くんだよ」

弥助が尾行けていた例の男だ。

(お頭――)

弥助は思わず悲鳴をあげそうになった。

真正面で向き合うと、まさしく《木菟の権三》に他ならない。年の頃は三十がらみで、当時の権三よりはいくらか若いが、年齢など最早問題にならぬほど、その姿は瓜《うり》二つ――。

「おめえみてえな野郎の行き先は、地獄の一丁目って相場が決まってんだぜ」

と片頰をひきつらせて不気味に笑ったその顔、言葉つきは、弥助のよく知る男のものに相違ない。

「お、お頭……」

「《風見鶏《かざみどり》の弥助》だな」

「…………」

もとより弥助が返答するわけもない。小さく首を振りながら、ジリジリと後退《あとじさ》った。

と、そのとき――。

後退る弥助の背後で、本堂の観音戸が、ギキッと開かれる。真っ先に中から飛び出して来た男が、手に持った燭台《しょくだい》の火で弥助の顔を照らし出す。

「間違いねえよ、お頭。そいつが、裏切り者の弥助だ」

嗄《かす》れ声で告げられたその言葉は、弥助の耳には死罪の宣告の如く響く。

弥助が尾行けていた男――いや、《木菟の権三》にそっくりなその男は、またも片頰をひきつらせて不気味に微笑む。

「三十年前、小塚原《こづかっぱら》にさらされた獄門首を見て、首を傾《かし》げた男がいたんだとさ。そいつは親爺の古い仲間で、一味の稼ぎを手伝ったこともあった。そいつが言うには、どう数えても、獄門首が一つ足りねえ。よく見りゃあ、いなきゃならねえ野郎の首が、何処さがしても見あたらねえんだとよ。どう思うよ？」

「…………」

「俺がその話を聞いたのは、ほんの数年前のこったが、すぐにピンと来たぜ。盗みに入った家の奴らを皆殺しにしちまう親父の一味が、そう簡単にお縄になるわけがねえ。捕まるとすりゃあ、裏切り者が密告《ちく》ったときだけよ」

男は一旦言葉を止め、大きく息を吸い込み、そして吐き出した。なんの真似かと思ったら、煙管《きせる》を手にしていて、一差《ひとさ》し吸ったところだった。

「おめえが親父を裏切って、火盗に売りやがった。だからおめえ一人がこうして助かって、生き長らえてるってえわけだぁ」

「お、親父って……」

弥助は漸《ようや》く、その疑問を口にした。

「おう、《木菟の権三》は、俺の実の親父だ」

返ってきたのは、予想したとおりの言葉であった。弥助の頭の中に、その言葉が何度も何度も、木霊《こだま》のように響いている。

「ああ……」

弥助はその場に尻餅をついてへたり込み、《木菟の権三》の息子をじっと見つめた。

「おいおい、いまからそんなじゃ、張り合いがねえぜ。おめえには、親父と一味全員のぶん痛ぇめにあってから、ゆっくりあの世に行ってもらいてえんだからよ」

弥助の頭の中の木霊《こだま》はやまず、ために、そいつが言い放った言葉の半分も、満足には聞き取れなかった。ただ、

「《木菟の権三》は俺の親父だ」

という言葉だけが執拗に、ぐるぐると弥助の中を駆け巡っているようだった。

火付盗賊改方の密偵・弥助の死体が大川端にあがったのは、隼人正が宇都宮より戻って三日ほど後のことである。

「一昨日の晩から、弥助さんが帰ってこないって、お民ちゃんから泣きつかれましてね」

折しも、お蓮が隼人正の許《もと》を訪れていた。

「弥助というのは、先日お蓮さんの店に来ていたあの老人のことか？」

と、美涼はすかさず口を挟んだ。

お蓮が隠密であることは、一応隼人正とお蓮、二人だけの秘密である。故に、お蓮のほうから隼人正を訪ねることなど絶対にあってはならない。それを承知で会いに来たからには、相応の理由――相当火急の用件があってのことに違いなかった。

だから美涼も、部屋の外でつい盗み聞きをした。隼人正が、留守中のことをお蓮にどう説明するのかも興味があった。

「お民というのは弥助の娘か？」

隼人正のほうも、お蓮の急な来訪に些かうろたえていた。それ故、美涼の不作法にも目を瞑《つむ》った。じきに足音が聞こえてきて、更なる不作法者が裏口から駆け込んでくるであろうということも、隼人正には予測できている。

「御前、御前ーッ」

尻を端折った竜次郎が、いつものように息を切らして駆け込んできて、縁先に突っ伏す。

「今朝大川端に、死体があがったそうでさ」

「死体など、今更珍しくもあるまい」

「それが、ひどく拷問されたみてえで、物盗り目的の殺しなら、ここまではやらないだろう、って、定廻りも小者も、難しい顔してましてね」

「拷問か」

一言呟《つぶや》いたきり、隼人正はスッと立ち上がりざま、傍《かたわ》らの刀架から大小をとった。

(見に行くの？)

美涼もまた慌てて自分の部屋に戻る。自分の大小を取りに行くためだ。兎《と》に角《かく》、後《おく》れはとらないほうがいい。隼人正がなんの目的で動いているのか、多少なりとも知っているらしいお蓮に、これ以上差をつけられたくなかった。

# 第六章　夢想剣

## 一

寛政七年。

十五歳の若さで将軍位を継いだ十一代将軍家斉も、二十三歳となっていた。

改革の失敗によって老中筆頭・松平定信が失脚した後《のち》は、定信の倹約政策を継続しつつも、一人の老中に権力を握らせることはせず、自ら親政を行った。

のちに絶倫将軍と呼ばれ、豪奢《ごうしゃ》な大奥生活を満喫することになる家斉も、この当時はまだ、希望に燃える青年将軍である。

そんな若き将軍にとって当面の問題は、先代・家治の娘で、自らの欲望のままに生きる佳姫のことだった。

有力外様《とざま》の伊達家に嫁《とつ》ぎながら、したい放題のことをして出戻ってきたときから、その処遇については頭を悩ましてきた。

城を出たいと言い出したときは正直厄介払いができると思ってホッとし、四ッ谷御門外に屋敷を与えた。いくらご乱行《らんぎょう》といっても、限度がある。贅沢三昧《ぜいたくざんまい》も、城内にいてこそのもので、城の外では使える金子《きんす》にも限りがある。

だが、佳姫の欲望には際限がなく、江戸城を出てからも次々と問題を起こした。

旗本・本多隼人正との一件もその一つだった。

勝手に懸想《けそう》し、思いが遂げられぬことを恨んで、あろうことか、お庭番まで動かした。幸い、隼人正の身に何事もなかったからいいようなものの、二千石の旗本を理由もなく害したとあってはただではすまない。

「上様からきつくお叱りになられますよう」

老中たちからせっつかれ、仕方なく、佳姫を呼び出した。本多隼人正という名があがった途端、何故老中たちの顔色が変わったのか、その理由はわからなかったが。

「たかが二千石の旗本風情に、なにを怯《おび》えておいでです」

妾《わらわ》は伊達六十万石ですら踏みしだいてくれましたぞ、とでも言いたげな顔つきで、佳姫は不敵に笑った。

家斉にとっては義理の父にあたる故・家治公によく似た、猛禽《もうきん》のような目を持つこの女が、家斉は昔から苦手《にがて》だった。

「いや、別に怯えてなどおらぬが――」

家斉は佳姫から目をそらし、視線を交えぬまま、老中に言われたとおりの文言《もんごん》を口にした。その間中、佳姫は目を伏せもせずに真っ直ぐ家斉を見据え、唇辺には薄笑いさえ滲《にじ》ませて聞いていた。うっかりその目を見てしまうと、忽《たちま》ち萎《な》えそうになる気持ちを、傍《かたわ》らに控える老中たちの厳しい顔つきが辛うじて支える。

「と、とにかく、倹約令に対する世間の風当たりは依然として強い。上の者は、常に下の者の手本とならねばならぬ。身を慎まれよ」

「はい、肝《きも》に銘じて」

一言応えて、佳姫は深々と頭を下げた。

家斉はホッとすると同時に、日頃の彼女らしからぬその殊勝さに不安を覚える。

そもそも佳姫は、この同い年の将軍を、屁《へ》とも思ってはいない。

父・家治の嫡男であった家基をはじめ、他の男子もすべて早世したために一橋家から養子に入った家斉のことを、佳姫は当初からなめていた。

当時世間では、家基も家治も、先の老中・田沼意次が、己の意のままになりそうな家斉を将軍の座に就けるために毒殺した、というまことしやかな噂が囁かれていた。

佳姫には、将軍家の継嗣《けいし》問題など、もとよりなんの興味もない。己が欲望のまま、好き放題をしても許される自由を保証してくれるなら、たとえ父や兄を殺した者に従うことも厭《いと》わないのだ。

「すべて、存じておりますよ」

という目で佳姫に見られ、無言の圧力を感じるたび、家斉は身の竦《すく》む思いがした。

(知らぬ、余はなにも知らぬッ)

声に出して叫びたい思いを、間際《まぎわ》で堪《た》えるしかなかった。


しかし佳姫の行状は、その後も一向におさまる様子がなかった。

幕府から与えられる俸禄には限りがあるというのに、どう考えてもそれを遥かに上回る贅沢な暮らしをしている佳姫のその資金源がやがて勘定方の調べで明らかになるに及んで、幕閣は騒然となった。

「これは由々しき問題ですぞ！」

「このような不祥事が表沙汰となれば、幕府の権威は完全に失墜いたします」

「早々に、佳姫さまのご処罰を」

老中たちが口々に言うのを聞きながら、

（こんなとき、定信がいてくれたら）

と家斉は思った。

諸事万端、恙《つつが》無く処置してくれる松平定信であれば、家斉を煩《わずら》わすことなく、事をおさめてくれたであろう。いまとなっては、あのしたり顔すらも懐かしい。

いまの老中たちは皆、定信とともに改革にのぞみ、彼の影響を受けてきた者たちなので、確かに有能である。だが、定信のように将軍家の血筋のものではないので、徳川家の家庭内のことには関わりたがらない。ただ、

「由々しき問題だ」

と繰り返し、家斉に決断を迫るだけだ。

「処罰といっても……苟《いやしく》も、御先代浚明院《しゅんめいいん》様の娘だぞ」

「なにも、斬首や流罪にせよ、と申し上げているわけではございませぬ」

「それに、あまり厳しく処断されては、事が公《おおやけ》になり申す」

「では一体、どうせよと言うのじゃ」

業を煮やした家斉が悲鳴のように叫ぶと、老中らは互いに顔を見合わせる。

しばし目顔で話し合ったあと、やがて一人が、皆を代表する形で、

「宇都宮はいかがでございましょう」

と家斉を窺《うかが》った。

「宇都宮?」

「宇都宮なれば江戸からも近く、日光参拝の折には必ずお通りになられます故、何れほとぼりが冷めれば江戸に呼び戻しましょう、と説得すれば、佳姫さまとて、従わぬわけにはまいりますまい」

「配流ということか?」

「お預《あずけ》でございます。藩主の戸田忠寛には内々に因果を含めておけばよろしゅうございます。そのうち官職でも与えてやれば大喜びいたしましょう」

「だが、呼び戻さねばなんとする? 佳姫のことだ。勝手に江戸に戻る、と言い出すかもしれぬ」

「それこそ、好都合というもの。上様のお言いつけに背いた科人であれば、お預先で如何なる処断を下そうと勝手でございます」

「なんと」

家斉は絶句した。

のちに、早世した家基の怨霊に悩まされることになる将軍家は存外優しい人柄の持ち主だった。老中たちの冷徹さに容易く言葉を失い、戦《おのの》きながらも、だが結局はその言に従うより他に道がないことを知っていた。

「なに、佳姫さまが、盗賊を使って町屋の金を奪い取らせていただと？」

「しっ、声が大きい」

そのとき成傑に耳打ちした小納戸《こなんど》頭取《とうどり》・中野《なかの》出雲《いずも》は大仰に顔を顰《しか》めた。のみならず、慌てて成傑の口を押さえようとする。成傑と中野出雲とは初出仕のときを同じくする、いわば同期で、そのためなにかと気安い口をきき合う仲であったが、城中の詰め所にて休息中の軽い雑談の話題にしては、それは些《いささ》か衝撃的すぎた。

いくら西の丸のこの詰め所に、いまは彼ら二人しかいないとはいえ、何処で誰が耳を欹《そばだ》てていないとも限らない。

迂闊《うかつ》な大声を、だから成傑は大いに恥じた。

「それはまことか？」

声を落として成傑は問い返す。

「ああ、ご老中が話してるのを聞いたのだから、間違いない」

もとより中野出雲は小声で言い、額《ひたい》を成傑に近づける。

「なんでも、《木菟《みみずく》の権三》とかいう盗賊の頭と懇《ねんご》ろであったらしい」

(なんと!)

成傑は忽ち絶句する。

隼人正の許嫁者《いいなずけ》であった美里を殺したのは《木菟の権三》一味の者であると聞いた。一味は、同じ一味の者の密告によって捕らえられ、もうすぐ処刑されるはずだ。それがまさか、佳姫と関係があったとは。

これで、美里殺害の本当の犯人が佳姫であったと決まったようなものである。

「その話、他言は禁じられているのではないのか?」

気持ちを静めるため、自分自身に言い聞かせるように成傑は言った。

「当たり前だ。こんなことが世間に知れたら、将軍家の威信は丸つぶれだからな」

「ああ、丸つぶれだ」

と鸚鵡《おうむ》返しに応じてから、更に声を落とし、成傑は出雲の側《そば》に躙《にじ》り寄る。

「で、佳姫は一体どのようにして、盗賊の頭と懇ろになったのだ? 四ッ谷御門のお屋敷に移られて、まだ一年にもならぬではないか」

「それは……詳しくは知らぬが、佳姫さまは伊達家に嫁がれる以前から、ちょくちょくお忍びで市中に出られていた。その頃に知り合うたのだろう」

「いくらお忍びで市中に出ようが、盗賊の頭とそう簡単に出会《でお》うたりせぬし、況《ま》してや、懇ろになるものではないぞ」

「しかし実際、懇ろになったのだから仕方あるまい。……男女のことだぞ。少しは察しろ」

「ああ」

仕方なく、成傑は頷いたが、内心不満たらたらだった。そこが一番肝心なところではないか。しかし相手は、ただ自分の仕込んできた話を、自分より将軍家に遠い存在の者に自慢したいだけの小納戸頭取だ。どうせそれ以上の有力な情報はない。諦めて、引き出せるだけのものを引き出すのがよい。

「それで？」

「幸い、盗賊どもは一網打尽に捕らえられた。あとは、佳姫を江戸から逐《お》ってしまえば、事が外へ漏れる心配はない」

「佳姫は流罪になるのか？」

「ああ、宇都宮藩にお預だ。戸田殿もお気の毒にのう」

「…………」

他言は禁じられていると言いながら、己の得たありったけの情報を平然と成傑に話

している中野出雲のその口の軽さを内心嗤《わら》いながらも、

（このことは、隼人正には決して知られてはならぬ）

と成傑は思った。

もし知れば、隼人正は、狂ったように佳姫を狙うだろう。

（それだけは、させてはならぬ）

隼人正は可愛い弟分だ。美里のことは可哀想だったが、だからといって、そのあとを追うが如き行動を、隼人正にとらせてはならぬ。いくら佳姫に非があろうと、将軍家の血筋を傷つければ、さすがにお咎めは免れない。だが隼人正は、己の死を覚悟で佳姫を斬ろうとするだろう。

そのため成傑は、以後三十年に及んで、この秘事が隼人正の耳に入らぬよう腐心してきた。

そしてその努力は、決して無駄にはならなかった。

「よくもまあ、今日まで隠し通してきたものですな」

先日、遂にすべての真相を知った隼人正は怒るよりも先ず、呆《あき》れ顔をして見せたが、

「わしは口が堅いのだ」

少しも悪びれず、成傑は言ってのけた。

「今日までお主が永らえてこられたのは誰のおかげと思う。有り難く思うがよい」

「随喜《ずいき》の涙に堪えませぬ」

不貞腐れた顔で隼人正は応じたが、同時に苦《にが》く口の端で笑っていた。成傑の思いやりが伝わらぬほど、無為な三十年を過ごしてきたわけではない。真相を知って忽ちカッとなり、

「すわ、仇討ちじゃ！」

と激昂するほどの若さも、既にない。

成傑の配慮を、隼人正は素直にありがたく思った。少なくとも、この年まで生き永らえたことを、隼人正は悔いてはいない。だが、

「それでも、庄五兄――」

ありがたいと思いつつも、

「私は、美里の仇を討ち、三十年前のことに、遅ればせながら、ケリをつけますよ。そうしないと、一歩も前へは進めませぬ故」

自分でも思いがけぬほど晴れやかな笑顔で成傑に告げた。成傑は、それ以上なにも言えなかった。

## 二

隼人正と美涼、それにお蓮と竜次郎が元町の自身番屋に着くと、黄八丈の若い娘が入口で小者と揉めている。

「入れてください。娘なんです」

「いや、娘ならなおさら、見ねえほうがいい」

小屋の中に入ろうとする娘と、それを止める男。娘は、弥助の娘のお民であった。

「お民ちゃん、どうしてここに？」

お蓮が驚いて問いかける。

死体の確認のために呼ばれたとしても些か早すぎる。同心か小者の中に、弥助の顔を見知っていた者がいたとすれば話は別だが。

「お役人さまたちが河原で死体の検分をされてるとき、それを見ていた野次馬の中に、同じ長屋の人がいたんです。おとっつぁんが一昨日から帰ってないことも知ってたんで、それで、もしかしたら弥助さんかもしれないよ、って教えてくれたんです」

「それで、浅草から走ってきたのかい？」

「ええ」

裸足《はだし》に草履《ぞうり》をつっかけたお民のその白い足の汚れをチラッと見やってお蓮が言い、お民は小さく頷いた。

「でも、入っちゃいけない、見ないほうがいい、って入れてくれないんです」

「わかったよ。あたしが見てきてあげるからね」

宥《なだ》めるように言って、お蓮は番屋の中に入る。隼人正も美涼も、同心や小者とは顔見知りなので、特に断りもせずそのあとに続く。

死体は、筵《むしろ》をかけられ、土間に寝かされている。その筵を、竜次郎が無遠慮に捲《めく》った。

「うわッ、これは……」

「酷い……」

確かに弥助の死体は、日頃見慣れている筈の定廻り同心やその小者たちですら、思わず目を背ける代物《しろもの》だった。

顔の形が変わるほど殴られた父親の死に顔を娘に見せるのは忍びなく、

「弥助さんに間違いないよ」

とお蓮が告げたのに、

「いいえ、私は大丈夫ですから、おとっつぁんに会わせてください。後生《ごしょう》ですから」

お民はなお懸命に懇願した。気丈な娘だった。

父親が火付盗賊改の密偵をしていることも知っていて、いつかはそんな日がくるかもしれないと覚悟していたらしい。

「おとっつぁん……」

無残な遺骸を前に、懸命に泣くのを堪《こら》えていたが、遂に堪えきれず啜《すす》り泣きを漏らしたのが、より一層の憐れを誘った。美涼は思わず顔を背け、袖口で目許を押さえる。父を知らずに育った美涼には、肉親を喪う悲しみというものが、想像でしか理解できない。だからこそ、余計に胸が苦しくなる。

「大川端にあがったというが、一体どのあたりにあがったのだ？」

遺体を引き取ったお民がお蓮に付き添われて帰って行ってから、隼人正は顔見知りの同心に問うた。

「御蔵橋《おくらばし》のたもとですよ、御前」

「では、やはりこのあたりで殺されたわけではないな」

「何故わかります？」

「御蔵橋のあたりは武家屋敷が多い。破落戸《ごろつき》どもが凶行を行えば、その音声は周囲の屋敷にも届く」

「なるほど」

「あれほど念を入れて痛めつけるためには、余程の手間暇をかけねばならぬ。道端でできる仕事ではない。それには腰を据えられる場所が必要だ。例えば、人の寄りつかぬ荒れ寺とか、な。……あのあたりに、そんな手頃な場所はない」

　隼人正は断言した。

「なるほど。では先ず、何処で殺《や》ったか、殺しの場所を探すことですな」

　これまで何度か、下手人の捕縛に手を貸してもらったことがある同心は、隼人正の言葉に素直に頷《うなず》いた。当の隼人正が、

（まあ、無理だろうな。死体を川に捨てたのは何処で殺したか、場所を特定させぬためだ。あれほど損傷がひどいと、何時《いっ》殺されたか、日時を特定することさえ難しい）

　心中密かに思っていようことなど、夢にも知らずに――。

　その夜隼人正がお蓮の店に行くと、店には暖簾《のれん》が出ておらず、行灯《あんどん》の明かりも灯《とも》っていない。おそらく弥助の通夜に行き、未だ帰っていないのだろうと思い、引き返そうとした隼人正の耳に、

ガダッ、
と、なにかを床に落とすような物音が響く。

(いるのか?)

中を窺い、人の気配を感じると、

「お蓮?」

そっと呼びかけた。

まもなく、真っ赤に泣き腫らした目のお蓮が顔を出す。

「酒の相手をしに来てくださったのなら、どうぞ」

と招かれ、中に入ると、卓の上に仄明《ほの》かり一つを灯した店内で、一人酒をしていたらしい。四角い卓子の上には、空になった徳利が二~三本転がっている。隼人正は仕方なく、その傍《かたわ》らの床几《しょうぎ》に腰掛け、まだ中身の満ちている徳利を探り当てると、手酌で注《つ》いで何杯か干した。

「通夜には行かなかったのか?」

「行きましたよ。でも、お民ちゃんを見てるのがつらくて、すぐに帰って来ちゃいましたよ。……可哀想に、おっかさんを亡くしたばっかりだってのに……」

「お前が、そばについていてやればよいではないか」

「あたしなんかッ」

つと、吐き捨てるように言って、お蓮は隼人正の手からお猪口《ちょこ》を奪う。ひと口干したが、まだるっこしくなったのか、とうとう徳利に口をつけ、直接グビグビ飲みはじめた。

「御前が長屋をお訪ねになってから、弥助さんは、おひい様と呼ばれていたお人のことを、密かに調べていたんですよ」

飲みつつ、艶やかな酔眼を隼人正に向ける。

「密偵の仕事はとっくに引退してたってのに、ばかですよ」

「私を、責めているのか？」

苦い顔つきで隼人正は問い返す。

「責めてなんか！」

「責めるがよい」

お蓮が思わず声を荒げると、それを遮るように強い語調で隼人正は言った。

「私が、弥助を訪ねなければ、弥助は余計な気を起こすことなく、命を落とすこともなかった」

「違います！」

「いや、違わぬ」

隼人正の口調はいつもと同じく淡々としているが、

「私が弥助を殺したようなものだ。責めたくば責めるがよい」

言い放ったその顔は、これまでお蓮が見た中でも、最も悲しげなものだった。

「御前」

「だが、後悔はしておらぬ。これはさだめだ」

「さだめ?」

「弥助は、自ら望んで密偵となった。たとえ任を退いたとしても、それは変わらぬ。《木菟の権三》と聞いて、じっとしてはいられなかった。それが弥助のさだめだ」

「………………」

それはあなた様のさだめでしょう、という言葉を、お蓮は間際で呑み込んだ。

確かに、弥助は、自ら望んで密偵となったという、覆《くつがえ》しようのないさだめを負っていたかもしれないが、そのことを彼に再認識させたのは、矢張り隼人正なのだ。隼人正には、自ら望まずとも、彼を知る者を無意識に動かすなにかがある。斯《か》く言うお蓮自身、そもそも隼人正を監視するために派遣されたというのに、いまではその彼のために、屢々《しばしば》働くことがある。もとより、なんの見返りも期待せずに、だ。

だがそのことで、お蓮は隼人正を責める気はない。おそらく弥助もそうだろう。隼人正のためになにかを為すことに、無上の喜びを感じていたはずだ。

（御前のせいじゃない。でも……）

遣る瀬ない思いで、またひと口、徳利からグィッと飲んだ。

「密偵の務めを知っているか、お蓮」

しばし口を噤《つぐ》んでいた隼人正が、ふとまた口を開く。彼の小さな身動《みじろ》ぎで火影《ほかげ》が揺れ、お蓮の心を故もなく戦かせた。

「え？」

「密偵とは、盗賊の隠れ家を突き止め、押し込みの日取り、押し込み先を調べるものだ」

何を今更わかりきったことを、という顔つきで、お蓮は隼人正を見つめ返す。

「わからぬか？　密偵の役目は、自ら賊を成敗することではない。己が調べた事実を、火盗の同心なり奉行なりに報告することだ。だが弥助は、今回の探索の内容を、誰にも報告していない」

「…………」

「おかしいとは思わぬか、弥助ほどの密偵が、報告を怠るなどあり得ぬ」

「なにも報告することがなかったからじゃないんですか？」

「そんな筈があるか。お前のところに顔を出したとき、弥助は、『なにかわかったら、知らせる』と言い残したのであろう。それは既になんらかの調べを進めていた、ということだ。それからまもなく、弥助は姿を消し、死体となって発見された。なにか重大な事実を摑んだからに相違ない」

「まさか……そんな重大な事実を摑んだなら、それこそ報告しないわけが……」

「できなかったのだ」

隼人正は静かに断じる。

「弥助は罠にかけられたのかもしれん」

「罠に？」

「誘《おび》き寄せられ、捕らわれて、殺された。報告する暇もなく、な」

「一体誰に、誘き寄せられたんです？」

「決まっている。《木菟の権三》だ」

「まさか」

お蓮は絶句した。

隼人正の言葉が切っ尖《さき》のように胸に刺さって、どんよりと全身にまわっていた酔いが一挙に醒めたかと錯覚した。

三

四ッ谷御門を出て真っ直ぐ御箪笥《おたんす》町の通りを一町ばかり行ったところに、かつて佳姫が将軍家から拝領した屋敷があった。

いまは御先手組の組屋敷になっているそのあたりを少し散策してから、隼人正は南《みなみ》寺《てら》町のほうへ足を向けた。

東西南北二〜三町くらいにかけて、軒並み寺院の並び立つ門前町だ。当然、人通りは少なく、通りには、心なしか線香の匂いが漂っている。

(綺羅《きら》を纏《まと》い、美食を貪《むさぼ》っていたお方が、よく寺の暮らしに甘んじていられたものだ)

と隼人正は感心したが、勿論、当人が清貧な出家の生活など送っていよう筈もないことは承知している。

(弥助が目をつけたのはこの寺か)

隼人正はつと足を止める。

文殊院《もんじゆいん》、宗福寺《そうふくじ》、竜泉寺《りゆうせんじ》、西應寺《さいおうじ》、永信寺《えいしんじ》ときて、通りを挟んで松岩寺《しようがんじ》と並ぶが、その松岩寺と向かいの陽光寺《ようこうじ》のあいだに、香蓮院《こうれんいん》という小さな古刹があった。江戸開府の慶長年間より続く由緒正しい尼寺だというが、松岩寺とも陽光寺とも微妙に境を接したその風情は、なにやら、二人の男を手玉にとっているような妖しさがある。

(かのお方にはよくお似合いだ)

隼人正は苦笑を堪える。

おそらく弥助は、この尼寺にはかなり前から目をつけていたのだろう。お蓮の店を訪れた際に残していった紙片に、「四」「香」の二文字があった。四ッ谷御門外の香蓮院であることは、隼人正には瞬時に判った。

(ここなら、拝領屋敷から荷を運び込むのも容易《たやす》かったであろうしな)

——ぎいぃッ、

木戸の軋《きし》む音に反応して、隼人正は咄嗟に身を退き、隣の寺の築地塀《ついじべい》の陰に身を隠した。

裏木戸が開いて、鈍色《にびいろ》の僧衣を纏った尼僧が姿を現す。歳の頃は五十がらみ。だが、子を産まず、所帯じみてもいない女というのは存外年をとらぬものだ。

(あの女……)

白綸子《りんず》の頭巾で頭を覆ったその女の顔に、隼人正ははっきりと見覚えがあった。

（変わらぬなぁ）

三十年前、ちょうどこのあたりで彼の袖をひき、両国の鰻屋《うなぎや》へ誘ったお高祖頭巾《こそずきん》の女に相違なかった。

尼僧は、人目を憚《はばか》る様子で路上に出てくると、隙のない身ごなしで歩き出し、鮫ケ《さめが》橋《ばし》のほうへと去ってゆく。

しばし逡巡してから、隼人正はその尼僧のあとを追った。とりあえず、旧知の者の行き先を知りたい、という単純な好奇心からだった。

「四ッ谷御門外の香蓮院？」

美涼は竜次郎の顔をじっと覗き込み、問い返した。

「尼寺か？」

「ええ、たぶん」

「師父さまは、その尼寺に一体なにをしに行かれるのだ？」

「さあ……」

竜次郎は首を捻るばかりである。

先日行き先も告げずに単身家をあけたときもそうだが、弥助という夜鷹蕎麦屋が殺されてから、隼人正は、竜次郎はもとより、甚助さえも伴わず、一人でふらりと他行することが多くなった。彼の行き先が気になって仕方ない美涼は、竜次郎に尾行を命じた。

「なんでおいらが御前のあとを尾行《つ》けなきゃならないんですよ」

竜次郎は当然いやな顔をした。

「元々お前は、私や師父さまのあとを尾行けていたではないか」

「それは、お二人のこと、知らなかった頃のことでしょう。いまはこうして、身内同然に居候させていただいてるってのに、その主筋にあたるお方を、こそこそ尾行けまわすなんて、できっこないでしょう」

「なにを言うか」

口を極《きわ》めて美涼は説得した。

「主人のすべてを把握するのが臣たる者の務めというもの。お前、師父さまの御身が心配ではないのか。なにかが起こってからでは遅いのだぞ」

「そんなに心配なら、美涼さまが、御前に直接訊けばいいでしょう」

「訊けないから、こうして頼んでいるのではないか」

「…………」

「だいたい、おかしいとは思わないか？　ついこのあいだまで、何処に行くにもお前を伴っていた師父さまが、何故近頃、いつもお一人で出歩かれるのか。お前とて、全く興味がないわけではないだろう」

「そ、そりゃあ、まあ……」

「ならば、私の言うとおりにせよ。これは主命だ、竜次郎」

「へ、へい」

竜次郎は不承不承従い、そして、隼人正のあとを尾行けはじめて三日目、漸《ようや》く具体的なその立ち寄り先を突き止めてきた。

「で、どうするおつもりなんです？　その尼寺に、早速乗り込みますかい？」

「まさか」

美涼は苦笑したが、一方ではそれも強《あな》ち悪くはなさそうだと思った。

なにかが起こっていて、隼人正がそれに深く関わっていることは間違いない。そこには、彼の過去もかかわっている。そこまでわかっていながら、だが、それ以上のことを知るには、隼人正本人に訊ねるしかない以上、思い切った手段に出るしかないのかもしれない。

（しかし尼寺とは）

なにやら淫靡《いんび》な匂いのする場所を連想してしまうのは、美涼とて、近頃流行《はや》りの黄表紙や人情本の愛読者である以上、仕方のないことではあった。

なにはともあれ、一度はそこに行ってみなければならない、と美涼は意を決した。

四

「本当に、尼寺なのか？」

美涼が思わず竜次郎に問うたほど、その敷地内には異様な空気が漂っていた。

「間違いありませんや。なんでも、元は高貴なお方が開基された由緒あるお寺だって、隣近所の寺の坊さんにもちゃんと聞き込んでるんですぜ」

「高貴なお方とは誰だ？」

「よくわかりませんけど、将軍家に縁《ゆかり》のお方だそうですぜ。何代か前の将軍さまのご生母さまとか……」

「それはおかしい。将軍家のご生母なら、御腹《おはら》様と呼ばれ、上様のご逝去《せいきょ》後も大奥にとどまる。このようなところに隠棲するわけがない」

「だから、なにやらワケありなんじゃないんですかい。……大奥ってのが、いろいろ面倒くせえとこだってことくらい、俺たちみてえな下々だって知ってますぜ」

「そうかもしれぬが……」

「だいたい、この寺に尼さんが出入りするところを、おいらこの目で、何度も見てるんですよ」

　竜次郎から、呆れ気味に言い返されて、美涼はさすがに口を噤んだ。

（ではこの異様さは一体なんなのだろう）

　これとよく似た違和感を、美涼は最近どこかで感じた気がする。だが、それは一体何処でだったろう……。

「師父さまはこの寺になんのご用があるのだろう？」

「さあ、知りませんよ、おいらは御前じゃねえんですから。そんなに気になるなら、御前に直接訊いてみたらいいじゃないですか」

「訊けるわけがないではないか」

「どうしてです？　御前が出てくるのをここで待ってて、偶然を装って、『師父さま、この寺になんのご用があっていらっしゃったのですか？』とでも訊きゃあいいでしょう」

「逆に、『何故お前がここにおる？』と訊ねられたら、どうする？　下手《へた》をすれば、お前に師父さまのあとを尾行けさせたことがバレてしまうではないか」

「心配しなくても、多分十中八九バレてると思いますよ、勘の鋭いお方ですからね」

とは言わず、竜次郎は呆れ顔で口を閉ざした。

(日頃は冷静で聡明なお人なのに、御前がらみだと、別人みてえに煮え切らねえ)

甚だ呆れながらも、だが竜次郎は、同時にそれを微笑《ほほえ》ましくも思う。

(あれから、典膳なんて野郎のことは、全く気にもかけちゃいねえみてえだ。ったく、女なんてわかんねえな)

「お前たち、そこでなにをしている？」

不意に背後から、耳に馴染みの声で問いかけられ、美涼と竜次郎はともに仰天した。

「し、師父さま！」

「御前ッ！」

(ど、どうして？　師父さまは寺の中におられるのではなかったのか！)

(そ、その筈です。確かに、御前が寺に入ってくのを見たんですから)

(ならばどうして、我らの背後より現れるのだ？)

(わかりませんよ)

後退《あとじさ》りつつ目顔で交わす二人のやりとりは、残念ながら隼人正には筒抜けである。

「まあ、よい。お前たちがここを突き止めたのなら、話が早い。行くぞ」

と言いざま、隼人正は二人を促し、苔生《こけむ》した古い寺門に背を向けた。

「え？　師父さま？　何処へ？」

美涼は慌ててその背を追う。

「お寺にご用があっていらしたのではないのですか？」

「香蓮院の院主からは、何《いず》れ正式に招きを受けるであろう。今日のところはこのまま引き上げる」

「…………」

「帰ったら、そなたが知りたがっていることを話してやろう」

隼人正の口調はどこか楽しげで、美涼は思わず、足を速めてその横顔を盗み見たい衝動に駆られた。

(見たい)

己の欲望に負けた美涼が足を速めかけたとき、

「で、竜次郎に私のあとを尾行けさせたのは、一体どういう了見だ？」

隼人正のほうがやや足を弛《ゆる》め、美涼を顧みた。

「そ、それは……」

美涼は一瞬口ごもり、

「竜次郎めが勝手にいたしましたこと。私は存じませぬ」

咄嗟に言い繕《つくろ》った。その途端、

「ひでえや、美涼さま！」

一歩後ろを歩いていた竜次郎が抗議の声をはりあげる。

隼人正はそれ以上なにも言わず、ただ声を殺して忍び笑った。

「なんと、将軍家の姫君が、盗賊一味と関わっていたのですか」

事の次第を聞き終えたあとも、美涼は茫然としたまま、しばし二の句が継げなかった。

もし本当だとすれば、丸山生まれの自分が、いまここにこうして、名門旗本家の養女となっていること以上の数奇——いや、珍事であると美涼は思った。

「すぐには信じられませぬ」

「如何なる仔細があって、佳姫と賊が昵懇となったかはわからぬが、すべては事実だ。幕府はすべてを闇に葬るため、《木菟の権三》一味を早々に処刑し、佳姫を宇都宮へお預とした。お預、という名の流罪だ」

隼人正は、先日家をあけて何処に何をしに行っていたか、弥助という老人が何故殺されたのか、美涼の知りたがっていることはすべて語って聞かせたが、かつて自分が佳姫に懸想されてこっぴどく袖にしたことと、許嫁者・美里の死に佳姫がかかわっているかもしれないということだけは、さり気なく伏せた。若い頃女にもてたことを自慢たらしく話すほどの悪趣味はないし、美里のことを美涼に話すことは、やはりまだ躊躇《ためら》われた。

(私は一体、なにを恐れているのだろう)

そのことに、隼人正は自ら胸を傷《いた》めた。

亥《い》の刻前、隼人正が家を出て行く気配を察して、美涼は蠟燭《ろうそく》の火を吹き消した。なんとなく、寝たふりをしたほうがよいように思ったのだ。足音を消して美涼の部屋を窺い、明かりが消え、寝ているらしいことを確認してから、隼人正は玄関に向かう。そろそろと戸を開け閉めして、彼が外へ出るのを待ち、美涼もまた静かに部屋を出る。

どうせそんなことだろうと思い、いつでも出られるよう、予《あらかじ》め身繕《みづくろ》いを整えていてよかった。

すべてを美涼に語り、「明日の夜、香蓮院に行く」と告げておいて油断させ、その日のうちに一人で行ってしまうなど、如何にも隼人正の使いそうな手だ。

(その手には乗りませんよ、師父さま。何年のおつきあいになるとお思いです)

隼人正が通りに出る頃をみはからって美涼は玄関の式台に立つ。

戸に手をかけたとき、

「美涼さま」

竜次郎が中間部屋から這い出してきた。

「おいらも行きますよ」

「お前は駄目だ」

「どうしてです」

「お前は足音を消して歩くことができぬ故、師父さまにバレてしまう」

「そんなことありませんよ！」

「シッ、大声を出すな。甚助が起きてしまうではないか」

「爺さんは近頃めっきり耳が遠くなってますから、大丈夫ですよ」

「兎《と》に角《かく》、お前は来るな」

美涼は厳しく言い、竜次郎に背を向けて玄関の外に出た。こんなところで押し問答をしていては、隼人正にどんどん先を行かれてしまう。

「待ってくださいよ」

もとより、厳しく言ったくらいで聞き分ける竜次郎ではないから、ほどなく通りへ出た美涼のあとを、小走りに追ってきた。

「静かにしろ」

口中に低く、美涼は怒鳴る。

幸い、視界の先に隼人正の姿はなかった。平素から、隼人正の歩く速さは常人の二倍。モタモタしていたら、引き離される一方だ。とりあえず、竜次郎を追い返すことは諦め、美涼も心して足を速めた。

亥の刻を過ぎたら町々の木戸が閉められてしまい、通行が難しくなる。だから隼人正も、一途に先を急ぐのだろう。

「美涼さま、そんなに急がなくたって、行き先はわかってるんですから」

小走りであとに続きながら、竜次郎は訴えたが、美涼は歩みを弛めなかった。

寝待ちの月が足下を照らしてくれる道を、美涼は進んだ。その行く手に、見慣れた隼人正の背中が現れることを期待しながら。

# 五

(だいぶ伸びたな)

手鏡をとって顔を見る。

無精髭《ぶしょうひげ》が、鼻下から下顎《したあご》にかけて、既に顔の下半分を覆っている。髭の濃いたちで、一日当たらないだけで忽ち伸びはじめ、二〜三日もすればこのざまだ。

(面倒だな)

髭を当たろうと思って鏡をとったが、考えてみれば、最早その必要もないということに気づいてやめた。

「そなた、そうしていると、父親にそっくりじゃな」

あの女も、男のその姿を見るほうが機嫌が良い。髭が生えているときといないときとではまるで別人のように変わってしまう男の外貌を、女は、楽しんでいるかのようでもあった。そして、彼女に歓んでもらうことは、男にとってもなによりの歓びなのだ。

(髭はまあいいとしても……)

髷《まげ》を結い、袴《はかま》を着けて武士の風体に戻らねば、二刀を手挟《たばさ》むことができない。

「暑苦しいな」

舌打ちしながらも腰をあげ、傍《かたわ》らに脱ぎ捨ててあったヨレヨレの仙台平《せんだいひら》に、ゆっくりと片足ずつさし入れる。

元々、刀を所持することは武士にだけ許された特権だが、博徒等のヤクザ者は必要に迫られて刃物を携《たずさ》える。大抵は匕首《あいくち》や短刀のような、懐《ふところ》に忍べる刃渡りの短い得物だが、喧嘩《けんか》の際には、できるだけ長い得物を用いるほうが便利なので、渡世人と呼ばれる無宿者などは専《もっぱ》ら長脇差しを愛用していた。ところが近年、風紀の乱れを糺《ただ》すという理由から、幕府はヤクザ者が長脇差しを用いることを禁じている。堅気の旅人が護身のために所持する道中差しの長さも厳しく法度《はっと》で定められていた。

江戸市中での取り締まりはとりわけ厳しく、身分不相応な格好をしていれば、忽ち番屋にしょっ引かれてしまう。

(だから江戸は、窮屈でしょうがねえんだよ)

一応江戸生まれの江戸育ちではあるが、人々が——殊にあの女が口を極めて褒めそやす「花のお江戸」のよさが、男にはさっぱりわからなかった。綺麗な着物を着て、美味いものが食べられればいいのであれば、江戸以外でも住み良い土地はいくらでもあるだろう。

（とはいえ、やっぱり江戸は面白え）

身なりを調《ととの》え、二刀を腰に差したところで、

「お頭、支度ができましたぜ」

観音開きの戸を開けて、手下どもが薄汚い顔を覗かせてきた。

「よし、行くかぁ」

低く呻《うな》るような声音とともに、男は、
ずしッ
と鈍く、床を踏み鳴らした。

堂内には、まだ濃厚に血の香が漂っている。数日前、ここで殺して大川に投げ込んだ男の流したものであろうか。しかし、血腥《なまぐさ》さには慣れっこの彼の鼻は、どうやら血の匂いには鈍感であるらしかった。


「よう参られた、隼人正殿」

案内の女に導かれて寺に入り、ほどなくその部屋に通された。

奥座敷の一段高いところで脇息《きょうそく》に凭れた尼僧風体の女の顔を一瞥《いちべつ》して、隼人正は

しばし目を瞠《みは》った。

「これは驚いた」

狂言でも演じるかのように大仰《おおぎょう》な口調で言う。

「今宵は、面をしておられぬのか」

「妾《わらわ》が何処の誰なのか、既に存じておる相手に対して、今更面をつけてみたところで仕方あるまい」

隼人正は冗談のつもりで言ったのに、真顔で受けたその女の顔は意外に若く、美しかった。ただ、その切れ長の目は氷の如く冷ややかで、猛禽の如くに厳しく鋭い。年齢は、或いは三十代半ばといってもとおりそうなほど艶《つや》やかな膚《はだ》の色をしている。

(確か、私より、幾つか年上のはずだが)

三十年前、あの鰻屋の二階でその素顔を見せられていたとしたら、隼人正の気持ちも多少は動いたかもしれない。頭の片隅でチラリとそんなことを思うと忽ち冷静に戻り、隼人正はつかつかと進み寄り、尼僧の正面に坐した。坐すると忽ち、折り目正しく一礼する。

「お久しゅうございます」

「久しいのう、隼人正殿。そなたもまるで変わらぬ」

「いいえ、ご覧のとおり、すっかり老けておりまする」

「いいや、相変わらず、惚れ惚れするような男前じゃ」

仏に仕える者とも思えぬほど艶っぽい目で尼僧は言い、微笑した。

「歯の浮くような世辞を仰《おお》せられるために、それがしを招かれたか？」

「ほほほほほ……まさか」

声をたて、白い歯を惜しげもなく見せて尼僧は破顔《わら》った。その屈託のない笑顔を見る限り、凶賊と結託して庶民を襲い、私腹を肥やしていた毒婦とは到底思えない。

「では、お聞かせいただきましょうか」

隼人正は面上から一切の笑いを消した。

「三十年前、それがしの許婚者を殺害させたのは何故でございます」

「ほほほほほ……」

女の笑い声は一層高くなる。

「見かけによらず、愚かな男じゃな。今更それを聞いてなんとする？」

「さて、せめてもの、心の拠《よ》り所とでもいたしましょうか」

ニコリともせずに隼人正が言うと、尼僧は漸《よう》く、笑うのを止めた。

「心の拠り所？」

「女を手にかけても、少しも心を痛めずにすむという拠り所でござる」

言うが早いか、隼人正は片膝を立てて大きく乗り出しざま、抜き打ちの一刀を放つ――。

「ひっ」

刃が一閃し、尼僧の頭を覆う白絹の頭巾を真っ二つに裂いた。

殺伐とは無縁の優雅さで、白布がヒラリと舞い落ちたあとには、肩から背へ、見事な垂髪が現れる。

「やはり、その法体《ほったい》は偽りでござったか、香蓮院殿……いや、佳姫さま」

「………」

「せめて、己の罪を悔い、本当に出家されておられたならば……」

「わ、妾を斬るか、隼人正ッ。……斬りたくば、斬るがよいッ」

祈りにも似た隼人正の呟きを、佳姫の癇声《かんせい》が容易《たやす》くかき消した。

「おお、そうじゃ、斬るがよい！　将軍家息女たるこの妾を、斬れると申すなら、斬るがよいわッ」

「貴女は最早、将軍家ご息女などではない。ただの売女《ばいた》だ」

その佳姫の癇声を、だが隼人正の怒声は遂に圧した。佳姫はその場で中腰になり、だがどちらへ逃げても隼人正の刃の間合いであるため逃げるに逃げられず、身を凍りつかせている。

「やっと参ったか」

隼人正が呟くのと、彼の背後の襖《ふすま》が勢いよく蹴倒され、手に手に匕首や短刀を構えた男たち――人相の悪い破落戸が二十人ばかりも姿を見せた。武士ではなく、あくまで猥雑な風体の破落戸である。

中でも、先陣を切っているのが髭面の壮漢で、この男だけは萎《しお》れた色の木綿小袖に袴をつけた貧乏武士の風体で、腰には二刀を差していた。

「矢張り貴様か、倉田典膳」

「わかるのか？」

そいつはさすがに意外そうな顔をした。

「わからぬと思うてかッ」

鋭い叫びとともに、今度は廊下側の障子がカラリと開かれると、背後に竜次郎を従えた美涼が立っている。

「おのれ、奸賊どもッ」

威嚇のため、一応刀は抜いているが、簡単に飛び込んだりはしなかった。二十人余りの敵のうち、真に手強い相手はただ一人だけだとわかっていたからだ。そしてその相手とは、狭い座敷の中ではなく、できれば広い庭先で戦いたかった。

「ねぇ、ホントにあれが、典膳なんですかい？　まるで別人に見えますがね」

呆気にとられた竜次郎の囁きに、美涼は思わず噴き出した。さもあろう。わからないのが普通である。

「師父さま」

だが美涼はそれには応えず、部屋奥にいる隼人正に声をかけた。

「そこなる賊の頭だけは、私に成敗させていただけませぬか」

「何故だ？」

「何故って、許せないからに決まっておりましょう」

「やれるのか？」

「はい。師父さま直伝の夢想剣にて、一刀両断にしてやりまする」

言って、美涼は、隼人正ではなく、倉田典膳のほうに視線を向けた。変わり果てた風情のその薄汚い男に、明らかな嘲笑の一瞥を。

（この女《あま》ッ――）

倉田典膳――いや、破落戸どもを率いる髭面の男の満面が、忽ち怒りに染まっていった。

無理もない。容易く正体を見破られた上に、一刀両断にする、と言い切られたのだ。

「よかろう」

倉田典膳――いや、二代目《木菟の権三》は、不敵に片頬を引き攣《つ》らせて笑い、するすると部屋を横切って美涼の側へ来た。

美涼が黙って砂利の敷かれた庭先へ降りると、典膳も太刀を抜きつつ、それを追う。

髭をきれいに当たって理想の武士を演じていたときには穏やかとも朗らかとも見えた容貌が、いまは悪鬼の如き本性をありありと滲ませ、醜く歪んでいる。

「美涼殿、私に勝てるとお思いか」

典膳の口調で揶揄《やゆ》するように言ってから、

「へっへっ、何度も手合わせして、てめえの太刀筋は見切ってんだぜ」

今度はわざと下卑《げび》た言葉を吐いた。

「黙れ、下郎」

だが、美涼は眉一つ動かさず、

「私に向かって、金輪際《こんりんざい》口をきくでない」

冷ややかに言い放つ。

「なんだと、このアマッ。膾《なます》にしてやるぜッ」

罵声とともに、典膳は大上段から斬りかかる。それを軽く鼻先に避けざま、

「…………」

美涼の口の端には淡い微笑すら滲む。

「何度も手合わせをして、貴様の太刀筋は既に見切った。とっととかかってくるがよい」

「くそぉッ、なにが夢想剣だッ」

口汚く喚《わめ》きながらも、典膳は最早容易に斬りかかろうとはしなかった。美涼が口にした夢想剣とやらも気になるし、なにより美涼のその落ち着きぶりが不気味であった。

(夢想剣てなあ、いってえ、なんなんだよ)

見たこともない必殺剣への恐怖心が、典膳の中で次第に大きく膨らんでゆく。

一方美涼は得意の右八相に構えたきり、泰然自若。剣先をこそとも揺るがせない。

その上で、典膳が気づかないほどの微妙さで、僅かずつ僅かずつ、間合いを詰めてゆく。

夢想剣などというものは存在しない。

それが、隼人正の下した結論だった。

もし仮に存在したとしても、口伝《くでん》でのみ伝えられる秘奥義など、ときを重ねるあいだにすっかり忘失してしまったとしても仕方ない。開祖・一刀斎の没後百七十年余、おそらくいまでは、誰一人、それを知るものはないだろう。

幼稚なはったりではあったが、元々心に余裕のない典膳を揺さぶるには充分だった。

(間合いには充分——)

というところまで典膳との距離を詰めたところで、美涼はやおら構えを変えた。即ち、攻撃の型である八相から、守りの型である下段へ——。

「うわぁ〜ッ」

誘いにのった典膳は再び大上段から刀を振り下ろしてくる。その切っ尖が、自分の体の何処に向けられているかは、美涼はもとより承知している。それ故半歩退き、身を捻《ひね》れば容易くかわせる。

かわしざま美涼は、不意に大きく身を沈めた。

「え?」

沈めざま右手を思いきり伸ばす。伸ばされた切っ尖は、瞬時に典膳の脾腹《ひばら》を裂いた。

いや、抉《えぐ》った。

「グゥワッ」

　斬られた驚きと唐突な痛みで仰《の》け反《ぞ》るところへ、もうひと太刀。一旦沈めた腰を再び浮かせるその反動を利用して、今度は脾腹から胸のあたりまで逆袈裟《ぎやくげさ》に斬り上げる。

「おうがァ〜ッ」

　断末魔の悲鳴とともに典膳の体は仰向けに倒れ、二、三度激しく藻掻《もが》いてから、ピクとも動かなくなった。

「典膳ッ」

　悲鳴にも似た女の叫びは佳姫のものだった。縁先に立った佳姫は、典膳がまさに絶命するその瞬間まで彼の勝利を疑っていなかったようで、月明かりの下、倒れたのが典膳と知ると、狂ったように髪を振り乱し、白足袋のまま駆け寄ってきた。

「典膳、典膳ッ」

　そして必死に抱き起こした。

「夜叉《やしや》の如き心をもったお方でも、さすがに我が子の死は悲しゅうござるか」

　その背後から、冷ややかに降りかけられた隼人正の言葉を、美涼は疑った。

　たかが破落戸の二十人余、隼人正にとってものの数ではなかったようで、美涼が典膳にとどめを刺すより早くすべてを終え、同じく縁先から見守っていたが、足袋が汚れるのを嫌ってか、庭に降りてこようとはしない。

「師父さま、いまなんと？」

美涼は隼人正のほうへ近づきつつ、問い返した。

「その男は、佳姫の子だ。父親は、《木菟の権三》こと、御家人倉田家の若党をしていた伊田権三郎《いだごんざぶろう》」

「えぇーっ？」

「そんなものではないッ。この者は、妾の忠実な僕《しもべ》じゃ。……この者がいなければ、一体誰が、妾の元へ金品を運んでくれるのじゃ」

佳姫の悲痛な叫びには、隼人正も美涼も、一言も、言葉を返すことはできなかった。ただ暗澹たる面持ちで、我が子の骸《むくろ》を摑み、揺り起こさんとする狂気の母親を見守るだけだった。


倉田家というのは、そもそも佳姫の生母の実家であった。

若党の伊田権三郎は元々佳姫の母に惚れていたが、大奥に召し出されて思いが遂げられなかったことを恨み、あるとき、倉田家に遊びに来ていた佳姫を犯した。女癖が悪い上に博打好きの権三郎は、屋敷の女中に片っ端から手を出した上、博打でつくった借金のために主家の金を持ち逃げしようとして露見し、解雇されたという、筋金入りの悪党である。将軍家の姫君を犯すことにも、さほどの罪悪感もおぼえなかったであろうことは想像に難《かた》くない。

だが、もって生まれた邪淫の性に火を点けられた佳姫は、よりによって、自分を無理矢理犯した男と逢瀬を重ねるようになった。

折しも幕府の倹約政策のため、大奥までもが質素倹約を余儀なくされると、自由に使える金欲しさに佳姫は権三郎を唆《そそのか》し、盗みを働かせるようになった。

残虐だが、同時に確実且つ安易な権三郎の手口は、同じように残虐な盗賊たちの称賛を浴び、やがて一味を成すようになった。そんな中で、佳姫は密かに典膳を生んだのだろう。はじめは周囲に知られることを恐れて田舎へ里子に出したが、権三郎が捕らえられて処刑され、宇都宮行を嫌って尼寺に隠れ住むようになると、さすがに淋しく、心細くなったのかもしれない。人をやって典膳を連れ戻し、倉田家の養子とさせた。そして、父親と同じく盗賊にさせ、自分のために働かせようとした。

だが、三十年前に美里を殺害しただけでは厭《あ》きたらず、なお隼人正に仕返しせんものと、美涼にちょっかいを出したのがそもそもの間違いであった。

結局、隼人正は佳姫を手にかけはしなかった。ただ去り際、

「江戸を去り、宇都宮で謹慎なさるのですな。それ以外、あなた様が将軍家ご息女に戻られる術《すべ》はない」

とだけ、告げた。

「よいのですか？」

と美涼が問うたのは、表向きとはいえ、一応尼寺の中で、大勢の者を殺傷してそのまま立ち去ることを案じたからなのだが、

「じきに御先手組の者たちが後始末に来るだろう。場所が場所だけに、佳姫も詮議を受けることになる。今度は宇都宮お預くらいではすまぬかもしれんな」

事も無げに隼人正は言い、先に立って歩き出す。

「ところで美涼さま、美涼さまはいつから、あの典膳て野郎が胡散臭《うさんくせ》えって気がついてたんです？」

竜次郎が問うてきたのは、帰路を辿《たど》りはじめてかなり経ってからのことである。さまざまな驚きが重なって思考が停止し、いまごろ漸く、あれこれ疑問が生じてきたのだろう。

「はじめからだ」

「まさかぁ。だって美涼さま、途中までは、あの野郎のこと、結構気に入ってたでしょう」

「気に入ってなど、おらぬ」

「でも最初から疑ってたってこたあねえでしょう」

「ばかだな、お前は。何処に、喧嘩の仲裁をしている女を見初めて妻にしようなどという物好きな男がおるか」

「ま、そりゃあそうですが……」

「もし仮に、百歩譲ってそうなのだとしても、それをわざわざ、縁談を申し込む理由にしてくるなど、あり得ぬだろう。……違いますか、師父さま？」

「そのとおりだ」

背中から無愛想に応じる隼人正に、美涼は概《おおむ》ね満足した。

道端に映えた草の露を珠玉の如く照らす月は未だ頭上高くにある。

木戸が開く明六つまでには、まだかなりのときがありそうだった。

空にはまだ真綿のような夏雲がとどまっているのに、風は一抹の冷たさを孕《はら》んでいた。

※

晩夏と初秋とが静かに向かい合っている。そんな長月《ながつき》の朝だった。

墓石の前に供えられた桔梗《ききょう》の花が風に揺れている。

「ここへ来るのは、実はこれで二度目なのだ」

「え？」

隼人正の言葉に、美涼はさすがに驚きを隠せない。

「三十年ぶりだ」

「…………」

「恐かったのかもしれぬ」

美涼は黙って隼人正の横顔に見入る。

「ここへ来れば、いやでも美里の死を認めねばならぬ。それがいやで……美里が死んだことをどうしても認めたくなくて、私は墓参りに来ることができなかった。非道《ひど》い許嫁者だ」

「師父さま」

「寂しい思いをさせてしまったな」

「いいえ、師父さま、美里さまは決して寂しい思いなどなさっておられません。だって、美里さまはいつも師父さまのおそばにいらっしゃいましたから」

「美涼」

「そうは思われませぬか、師父さま？」

「そうかもしれぬ」

墓石の前にしゃがみ込んで、隼人正はゆっくりと手を合わせる。美涼もすぐさまそれに倣《なら》った。

（美里さま、たとえ妻とはなれずとも、あなたはお幸せです。師父は……隼人正さまは、三十年変わらずあなたお一人を思い続けておられるのですから）

しばし後、まだ手を合わせ続けている美涼を見て、隼人正は内心深くため息をついた。

（庄五兄にはああ言ったものの……）

やはり無理だ、と隼人正は思った。勿論、美涼を妻にする件である。

（どこまでいっても、私は『師父』だぞ。師父が、弟子でなおかつ娘のようなものを、妻になどできるか）

そして同時に、成傑の前でつい口を滑《すべ》らせてしまったことを激しく悔いた。

（まあいい。もしなにか言われたら、「あんなの冗談に決まってるでしょう」と空惚《そらとぼ》けておけばいい）

思案の揚げ句、そんな結論に辿り着くと、隼人正は無性に楽しい気分になった。成傑はまたごちゃごちゃ言うだろうが、例によって聞き流しておけばよい。

「美涼、鰻でも食べに行くか？」

「え、鰻ですか？」

墓石の前にしゃがんだままで隼人正をふり仰いだ美涼の目を、晩《おそ》い夏の陽射しが射る。

美涼は一瞬眩しげに顔を顰め、それから鮮やかな笑顔になった。だがそのときには既に、隼人正は美涼に背を向けている。おかげで、自ら口走ったことに自ら赤面してしまったその顔を、美涼には見られずにすんだが、年甲斐もない動悸のほうは、容易にはおさまりそうにない。

時代小説

二見時代小説文庫

# 姫君《ひめぎみ》ご乱行《らんぎょう》　女剣士《おんなけんし》　美涼《みすず》2


著者　藤《ふじ》 水名子《みなこ》

発行所　株式会社 二見書房
東京都千代田区三崎町二-一八-一一
電話　〇三-三五一五-二三一一［営業］
　　　〇三-三五一五-二三一三［編集］
振替　〇〇一七〇-四-二六三九

印刷　株式会社 堀内印刷所
製本　ナショナル製本協同組合




ISBN978－4－576－12147－5
http://www.futami.co.jp/

## 枕橋の御前 女剣士 美涼1

藤 水名子［著］

島帰りの男を破落戸から救った男装の美剣士・美涼と剣の師であり養父でもある隼人正を襲う、見えない敵の正体は？ 小説すばる新人賞受賞作家の新シリーズ！

## 神の子 花川戸町自身番日記1

辻堂 魁［著］

浅草花川戸町の船着場界隈、けなげに生きる江戸庶民の織りなす悲しみと喜び。恋あり笑いあり人情の哀愁あり、壮絶な殺陣ありの物語。大人気作家が贈る新シリーズ！

## 女房を娶《めと》らば 花川戸町自身番日記2

辻堂 魁［著］

奉行所の若い端女《はしため》お志奈の夫が悪相の男らに連れ去られてしまう。健気なお志奈が、ろくでなしの亭主を救い出すため、たった一人で実行した前代未聞の謀挙とは…！

## 間借り隠居 八丁堀 裏十手1

牧 秀彦［著］

北町の虎と恐れられた同心が、還暦を機に十手を返上。その矢先に家督を譲った息子夫婦が夜逃げ。間借りしながら、老いても衰えぬ剣技と知恵で悪に挑む！

## お助け人情剣 八丁堀 裏十手2

牧 秀彦［著］

元廻同心、嵐田左門と岡っ引きの鉄平、御様《ためし》御用山田家の夫婦剣客、算盤侍の同心・半井半平。五人の〝裏十手〟が結集して、法で裁けぬ悪を退治する！

## 剣客の情け 八丁堀 裏十手3

牧 秀彦［著］

嵐田左門、六十二歳。心形刀流、起倒流で、北町の虎の誇りを貫く。裏十手の報酬は左門の命代。一命を賭して戦うことで手に入る、誇りの代償。孫ほどの娘に惚れられ…

## 剣客相談人 長屋の殿様 文史郎

森 詠［著］

若月丹波守清胤、三十二歳。故あって文史郎と名を変え、八丁堀の長屋で貧乏生活。生来の気品と剣の腕で、よろず揉め事相談人に！心暖まる新シリーズ！

## 狐憑きの女 剣客相談人2

森 詠［著］

一万八千石の殿が爺と出奔して長屋暮らし。人助けの万相談で日々の糧を得ていたが、最近は仕事がない。米びつが空になるころ、奇妙な相談が舞い込んだ…。

## 赤い風花《かざはな》 剣客相談人3

森 詠［著］

風花の舞う太鼓橋の上で旅姿の武家娘が斬られた。瀕死の娘を助けたことから「殿」こと大館文史郎は巨大な謎に立ち向かう！大人気シリーズ第３弾！

## 乱れ髪 残心剣 剣客相談人4

森 詠［著］

「殿」は、大川端で心中に見せかけた侍と娘の斬殺死体を釣りあげてしまった。黒装束の一団に襲われ、御三家にまつわる奥深い事件に巻き込まれていくことに…！

## 剣鬼往来 剣客相談人5

森 詠［著］

殿と爺が住む八丁堀の裏長屋に男装の女剣士が来訪！大瀧道場の一人娘・弥生が、病身の父に他流試合を挑む凄腕の剣鬼の出現に苦悩、相談人らに助力を求めた！

## 夜の武士《もののふ》 剣客相談人6

森 詠［著］

殿と爺が住む裏長屋に若侍を捜してほしいと粋な辰巳芸者が訪れた。書類を預けた若侍が行方不明なり、相談人らに捜してほしいと…。殿と爺と大門の剣が舞う！

## 公家武者 松平信平《のぶひら》 狐のちょうちん

佐々木裕一［著］

後に一万石の大名になった実在の人物・鷹司松平信平。紀州藩主の姫と婚礼したが貧乏旗本ゆえ共に暮せない。町に出ては秘剣で悪党退治。異色旗本の痛快な青春

## 姫のため息 公家武者 松平信平2

佐々木裕一［著］

江戸は今、二年前の由比正雪の乱の残党狩りで騒然。背後に紀州藩主頼宣追い落としの策謀が……。まだ見ぬ妻と、舅を護るべく公家武者の秘剣が唸る。

## 四谷の弁慶 公家武者 松平信平3

佐々木裕一［著］

千石取りになるまでは信平は妻の松姫とは共に暮せない。今はまだ百石取り。そんな折、四谷で旗本ばかりを狙い刀狩をする大男の噂が舞い込んできて……。

## 暴れ公卿 公家武者 松平信平4

佐々木裕一［著］

前の京都所司代・板倉周防守が黒い狩衣姿の刺客に斬られた。狩衣を着た凄腕の剣客ということで、疑惑の目が向けられた信平に、老中から密命が下った！

## 夜逃げ若殿 捕物噺 夢千両すご腕始末

聖 龍人［著］

御三卿ゆかりの姫との祝言を前に、江戸下屋敷から逃げ出した稲月千太郎。黒縮緬の羽織に朱鞘の大小、骨董目利きの才と剣の腕で江戸の難事件解決に挑む！

## 夢の手ほどき 夜逃げ若殿 捕物噺2

聖 龍人［著］

稲月三万五千石の千太郎君、故あって江戸下屋敷を出奔。骨董商・片岡屋に居候して山之宿の弥市親分とともに謎解きの才と秘剣で大活躍！ 大好評シリーズ第2弾

日本橋物語　蜻蛉屋お瑛
森　真沙子［著］
この世には愛情だけではどうにもならぬ事がある。土一升金一升の日本橋で店を張る美人女将が遭遇する六つの謎と事件の行方……心にしみる本格時代小説

迷い蛍　日本橋物語2
森　真沙子［著］
御政道批判の罪で捕縛された幼馴染みを救うべく蜻蛉屋の美人女将お瑛の奔走が始まった。美しい江戸の四季を背景に人の情と絆を細やかな筆致で描く第2弾

まどい花　日本橋物語3
森　真沙子［著］
〝わかっていても別れられない〟女と男のどうしようもない関係が事件を起こす。美人女将お瑛を捲き込む新たな難題と謎…。豊かな叙情と推理で描く第3弾

秘め事　日本橋物語4
森　真沙子［著］
人の最期を看取る。それを生業とする老女瀧川の告白を聞き、蜻蛉屋女将お瑛の悪夢の日々が始まった…。なぜ瀧川は掟を破り、触れてはならぬ秘密を話したのか？

旅立ちの鐘　日本橋物語5
森　真沙子［著］
喜びの鐘、哀しみの鐘、そして祈りの鐘。重荷を背負って生きる蜻蛉屋お瑛に春遠き事件の数々…。円熟の筆致で描く出会いと別れの秀作！叙情サスペンス第5弾

子別れ　日本橋物語6
森　真沙子［著］
風薫る初夏、南東風と呼ばれる嵐が江戸を襲う中、二人の女が助けを求めて来た……。勝気な美人女将お瑛が、優しいが故に見舞われる哀切の事件。第6弾！

## やらずの雨　日本橋物語7
森 真沙子［著］

出戻りだが病いの義母を抱え商いに奮闘する通称とんぼ屋の女将お瑛。ある日、絹という女が現れ、紙問屋若松屋主人誠蔵の子供の事で相談があると言う。

## お日柄もよく　日本橋物語8
森 真沙子［著］

日本橋で店を張る美人女将お瑛に、祝言の朝に消えた花嫁の身代わりになってほしいという依頼が……。多様な推理小説を追究し続ける作家が描く下町の人情

## 桜《はな》追い人　日本橋物語9
森 真沙子［著］

美人女将お瑛のもとに、岡っ引きの岩蔵が凶報を持ち込んだ……「両国河岸に、行方知れずのあんたの実父が打ち上げられた」というのだ。シリーズ最新刊！

## 一万石の賭け　将棋士お香 事件帖1
沖田正午［著］

水戸成圀は黄門様の曾孫。御侠《おきゃん》で伝法なお香と出会い退屈な隠居生活が大転換！藩主同士の賭け将棋に巻き込まれて…。天才棋士お香は十八歳。水戸の隠居と大暴れ！

## 娘十八人衆　将棋士お香 事件帖2
沖田正午［著］

御侠なお香につけ文が。一方、指南先の息子の拐かしを知ったお香は弟子である黄門様の曾孫梅白に相談するが、今度はお香も拐かされ……シリーズ第2弾！

## 幼き真剣師　将棋士お香 事件帖3
沖田正午［著］

天才将棋士お香が町で出会った大人相手に真剣師顔負けの賭け将棋で稼ぐ幼い三兄弟。その突然の失踪に隠された、ある藩の悪行とは？娘将棋士お香の大活躍！

二見時代小説文庫

## 人生の一椀 小料理のどか屋 人情帖1

倉阪鬼一郎［著］

もう武士に未練はない。一介の料理人として生きる。一椀、一膳が人のさだめを変えることもある。剣を包丁に持ち替えた市井の料理人の心意気、新シリーズ！

## 倖せの一膳 小料理のどか屋 人情帖2

倉阪鬼一郎［著］

元は武家だが、わけあって刀を捨て、包丁に持ち替えた時吉の「のどか屋」に持ちこまれた難題とは…。心をほっこり暖める時吉とおちよの小料理。感動の第2弾

## 結び豆腐 小料理のどか屋 人情帖3

倉阪鬼一郎［著］

天下一品の味を誇る長屋の豆腐屋の主が病で倒れた。このままでは店は潰れる。のどか屋の時吉と常連客は起死回生の策で立ち上がる。表題作の外に三編を収録

## 手毬寿司 小料理のどか屋 人情帖4

倉阪鬼一郎［著］

江戸の町に強風が吹き荒れるなか上がった火の手。店を失った時吉とおちよは無料炊き出し屋台を引いて復興への一歩を踏み出した。苦しいときこそ人の情が心にしみる！

## 雪花菜飯《きらずめし》 小料理のどか屋 人情帖5

倉阪鬼一郎［著］

大火の後、神田岩本町に新たな店を開くことができた時吉とおちよ。だが同じ町内にけれん料理の黄金屋金多が店開きし、意趣返しに「のどか屋」を潰しにかかり…

## 面影汁 小料理のどか屋 人情帖6

倉阪鬼一郎［著］

江戸城の将軍家斉から出張料理の依頼！ 隠密・安東満三郎の案内で時吉は江戸城へ。家斉公には喜ばれたものの、知ってはならぬ秘密の会話を耳にしてしまった故に…